Hablemos de la cultura taiwanesa en español

Formosa, la joya del Pacífico

用西班牙語
說臺灣文化
太平洋的瑰寶福爾摩沙

國立政治大學
藍文君 (Wen-Chun Lan) 編著
輔仁大學
雷孟篤 (José Ramón Álvarez) 審訂

緣起

　　國立政治大學外國語文學院的治學目標之一，就是要促進對世界各地文化的了解，並透過交流與溝通，令對方也認識我國文化。所謂知己知彼，除了可消弭不必要的誤會，更能增進互相的情誼，我們從事的是一種綿密細緻的交心活動。

　　再者，政大同學出國交換的比率極高，每當與外國友人交流，談到本國文化時，往往會詞窮，或手邊缺少現成的外語資料，造成溝通上的不順暢，實在太可惜，因此也曾提議是否能出一本類似教材的文化叢書。這個具體想法來自斯拉夫語文學系劉心華教授，與同仁們開會討論後定案。

　　又，透過各種交流活動，我們發現太多外國師生來臺後都想繼續留下來，不然就是臨別依依不捨，日後總找機會續前緣，再度來臺，甚至呼朋引伴，攜家帶眷，樂不思蜀。當然，有些人學習有成，可直接閱讀中文；但也有些人仍需依靠其母語，才能明白內容。為了讓更多人認識寶島、了解臺灣，我們於是興起編纂雙語的《用外語說臺灣文化》的念頭。

　　而舉凡國內教授最多語種的高等教育學府，就屬國立政治大學外國語文學院，且在研究各國民情風俗上，翻譯與跨文化中心耕耘頗深，舉辦過的文康、藝文、學術活動更不勝枚舉。然而，若缺乏系統性整理，難以突顯同仁們努力的成果，於是我們藉由「教育部高教深耕計畫」，結合院內各語種本國師與外師的力量，著手九冊（英、德、法、西、俄、韓、日、土、阿）不同語言的《用外語說臺灣文化》，以外文為主，中文為輔，提供對大中華區文化，尤其是臺灣文化有興趣的愛好者參閱。

　　我們團隊花了一、兩年的時間，將累積的資料大大梳理一番，各自選出約十章精華。並透過彼此不斷地切磋、增刪、審校，並送匿名審，查終於完成這圖文並茂的系列書。也要感謝幕後無懼辛勞的瑞蘭國際出版編輯群，才令本套書更加增色。其中內容深入淺出，目的就是希望讀者易懂、易吸收，因此割愛除去某些細節，但願專家先進不吝指正，同時內文亦能博君一粲。

國立政治大學外國語文學院院長
於指南山麓

Prólogo

Este pequeño libro quiere presentar la riqueza lingüística, intelectual y artística de la isla de Taiwán, conocida también desde antiguo como la Isla Hermosa o Formosa. La variedad cultural y de costumbres de la isla se debe a que ha sido habitada por varios pueblos y razas, — aborígenes, holandeses, españoles, chinos— que han dejado su huella en muchos aspectos de la vida, costumbres y gastronomía de los taiwaneses.

Nuestra intención no es abarcar todos los aspectos que hacen de Taiwán un llamativo mosaico de tradiciones y celebraciones populares, sino solo hemos seleccionado aquellos elementos de la vida diaria de los taiwaneses que constituyen lo verdaderamente típico y que llama la atención del extranjero.

Hemos reunido once temas con algunos textos de lo más importante y especial de la cultura y costumbres taiwanesas. Algunos temas tienen varios textos, como los relacionados con la lengua y la escritura, mientras que otros solo tienen un texto, como el vestido tradicional o la presentación de las islas cercanas a Taiwán, y que son parte del territorio nacional. Podríamos haber descrito muchos más, pero intentamos que esta primera presentación sea un punto de partida para futuras ampliaciones de otros aspectos de la vida y cultura de Taiwán.

Las explicaciones de cada texto no son demasiado profundas ni especializadas, pero sí ofrecen datos importantes, no siempre mencionados en otras publicaciones, y que pueden ser interesantes para entender mejor algunos aspectos de la cultura actual taiwanesa.

Ofrecemos una amplia y actualizada bibliografía, tanto de libros como de páginas web, para que el lector que sienta curiosidad por conocer más de algún tema tratado pueda ampliar sus conocimientos en alguna de dichas fuentes.

La variedad de los temas tratados exige una atención y búsqueda detalladas, imposibles para una sola persona. Por ello quiero agradecer aquí a todos los que me han ayudado a recoger y ordenar los datos, especialmente a mis ayudantes Adrián (Wang Chia Hsiang), Luna (Ho Yueh Tung), Daniela (Yang Yu Hsuan) y Ramón (Lin Wei Liang) por su trabajo sobre todo en la selección de las fotos del texto.

Esperamos que esta pequeña obra ayude a los lectores a conocer mejor la riqueza intelectual, cultural y vital de Taiwán, y anime a los extranjeros a visitar nuestra isla y experimentar por sí mismos la vida de la Isla Hermosa.

藍文君

(Wen-Chun Lan)

2022.01

編著者序

　　文化一直是認識一個國家社會最重要的一環，人與人之間的相處，社會的風俗習慣，甚至所使用的語言文字，以及各民族的飲食習慣或音樂慶典，這些有趣的文化特色，都是認識一個地方不可或缺的研究。

　　走過歷史的演變，臺灣因為經歷許多不同民族或人種的影響，醞釀出自有的豐富多彩文化特色，而透過介紹臺灣文化，又可以使西語人士對東方社會產生好奇，甚至進一步深入探索。

　　《用西班牙語說臺灣文化》精選西語人士較感興趣的各項主題，介紹臺灣在語言、文化、藝術、社會、思想等各層面的多元風貌。希望藉由本書各單元，引領讀者了解臺灣的文字、語言、哲學、飲食、音樂、休閒娛樂、節慶、節氣、中醫、交通、建築、傳統服飾，以及離島等。雖然所選主題不盡然涵蓋文化全貌，但仍懇切期盼，透過書中詳細說明，讓西語人士能一窺臺灣寶島的瑰麗與璀璨。

此外，本書的完成也特別感謝國立政治大學外語學院所參與的教育部高教深耕計畫，以及歐洲語文學系西文組的王嘉祥、何玥彤、楊雨璇和林韋良四位計畫助理。希望透過本書的西文解釋，讓臺灣文化更活躍於國際舞台上，使外語讀者了解臺灣文化藝術的意義和內涵，進而提升興趣，拓展更多的文化交流。

藍文君

2022.01

Índice 目次

第 1 單元

Lengua y cultura
語言與文化

語言與文化

　　本單元主要介紹臺灣使用的語言文字，其中包含：中文簡述、文字六書、書法、原住民、客家和閩南文化。認識一個文化最好的方式之一，就是了解語言文字，臺灣官方使用語言為中文，也因此多一分對於中文的認知，就能多增加一分對於臺灣文化的體認。在臺灣使用的中文也叫做國語，也就是官方使用語言，具備五個音調（輕聲、一聲、二聲、三聲、四聲），每個中文單字都具備獨特的音調，做為區別意義的準則。中文和西班牙文最大的不同之處，在於西文時態方面有多元豐富的動詞變化，然而中文動詞卻沒有字根變化，而是藉由其他詞彙媒介來表達。

　　中文的構成和使用方式，可以用六種類型來歸納，也就是所謂的六書。這樣的中文構造系統理論，相信對於學習中文的西語人士會十分有趣，也很有幫助。六書為：象形、指事、會意、形聲、轉注、假借。理解了上述的中文構字類型，將能夠更深入探索中文文字的來源和歷史，也能夠對於臺灣文化有更進一步的領會。

　　另一方面，書法也是大家學習中文必定要接觸的書寫藝術，甚至透過書法風格發展，我們得以一窺中國歷史和創作趨勢。

　　此外，臺灣的使用語言還有客家話、閩南話和原住民語言。透過介紹這些不同的民族來源，可以更加認識臺灣多元又豐富的社會。這些不同的民族，串聯起臺灣社會，也造就了文化的燦爛。

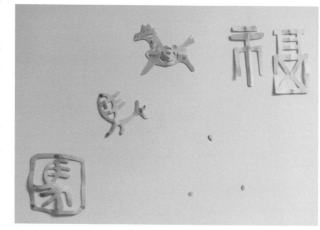

Papel recortado, fotografía de Wang Chia Hsiang（攝影者：王嘉祥）

Lengua y cultura

. . . .

La lengua de Taiwán

La cultura y la lengua son dos factores inseparables para conocer mejor un lugar, y a través de la lengua observamos más fácilmente el perfil de la cultura taiwanesa. Si hablamos de lengua, aunque en todas las regiones de China existen muchos idiomas y dialectos, tanto en China como en Taiwán el idioma oficial es el chino mandarín.

Antiguamente, el chino clásico era monosilábico y aislante, es decir, cada sílaba equivalía a una palabra y no había categorías gramaticales. Sin embargo, hoy en día el mandarín moderno no lo es porque tiene combinaciones morfológicas como la reduplicación, la afijación o la composición. También existen palabras compuestas por dos o más sílabas, es decir en el chino mandarín hay palabras polisílabas, por ejemplo *shāngdiàn* (商店 , tienda) o *túshūguǎn* (圖書館 , biblioteca)

Generalmente se ha llamado caracteres a los signos gráficos con que se escribe el idioma chino, pero modernamente también se usa sinogramas. Los sinogramas, al pronunciar su sonido tienen tonos, que suelen presentar algunas dificultades para los extranjeros en el aprendizaje del chino mandarín. El tono es un rasgo significativo del idioma chino, lo que significa que la idea o significado de un sinograma cambia según el tono. El tono ayuda a diferenciar distintos significados porque el idioma chino solo tiene unos 400 sonidos monosilábicos. Por ejemplo, hay unos 100 sonidos *li*, todos escritos de manera diferente. Si no hubiera tonos el sonido de *li* 李 (apellido), sería igual que *li* 力 (fuerza), o que *li* 梨 (pera). Viendo el sinograma no hay confusión posible, pero si pronunciamos cambiando el tono, estamos cambiando el significado, y aunque por el contexto podemos entender el significado, un error en el tono puede dar lugar a un malentendido. Existen cinco tonos diferentes en chino mandarín: alto sostenido (-), ascendente (´), descendente- ascendente (ˇ), descendente (`) y neutro o ligero (·) En el sistema de transcripción *hànyǔ pīnyīn* (漢 語 拼 音) una sílaba con un tono neutro carece de marca diacrítica. Hay siete vocales simples, cuatro diptongos y veinticuatro consonantes. La estructura silábica del mandarín es

中文調號			
調名	符號	例子	
陰平	一	媽	ㄇㄚ
陽平	／	麻	ㄇㄚ／
上聲	∨	馬	ㄇㄚ∨
去聲	＼	罵	ㄇㄚ＼
輕聲	•	嗎	ㄇㄚ•

Los cinco tonos diferentes en chino mandarin, fotografía de Ho Yueh Tung (攝影者：何玥彤)

sencilla: rechaza las consonantes agrupadas y permite sólo algunas finales (la nasal velar [ŋ] o la nasal alveolar [n]). Cada sílaba posee una vocal como núcleo (o un diptongo o triptongo) y la consonante inicial es opcional.

No existe sistema temporal en los verbos en chino mandarín, es decir, los verbos en chino carecen de morfemas gramaticales para señalar el tiempo o el modo. Sin embargo, esos mismos conceptos se expresan, fundamentalmente, por medios léxicos: partículas, adverbios y complementos circunstanciales. Por eso, cuando hablamos del sistema aspectual en chino, tenemos que investigarlo a través de estas partículas que pueden estar delante del verbo (como *zài* 在), o detrás del verbo (como *le* 了 , o *guò*. 過).

Como el chino mandarín carece de morfemas flexivos para expresar el tiempo, no existe conjugación verbal, pero sí que existe sistema aspectual y el aspecto constituye una categoría fundamental y claramente definida. Según Consuelo Marco Martínez (*La categoría de aspecto verbal y su manifestación en la lengua china,* Universidad Complutense, Madrid, 1987, p. 27), el aspecto es como los diferentes modos de ver la constitución temporal interna de una situación o, lo que es lo mismo, las diversas manifestaciones del transcurso de las situaciones (estados, acciones o procesos). También indica que el sistema de aspecto exige siempre para la expresión de la misma cualidad de una acción una correlación de dos miembros: perfectivo e imperfectivo. El aspecto perfectivo indica una acción que está cumplida, realizada o que ha llegado a un cierto resultado, sin embargo, el aspecto imperfectivo no expresa el término ni el resultado de una acción. En el aspecto imperfectivo interesa la estructura interna y podemos mirar la situación en su principio, en su proceso o en su fin. Es un tema complejo e interesante desde el punto de vista lingüístico, y sobre estos aspectos la riqueza del chino mandarín nos descubre una lengua con larga historia.

Los seis principios de formación de los caracteres chinos

Al hablar de la cultura taiwanesa y la lengua china, no podemos olvidar las seis famosas formaciones o categorías de los sinogramas que también se denominan los seis principios (*liù shū*, 六書 , o seis escrituras) porque sin conocer esta riqueza que encierra la escritura china, no se puede apreciar bien la profunda cultura de la escritura china. En la Dinastía Han Posterior (el siglo II d. C), el autor Xǔ Shèn (許慎) estableció seis principios en su diccionario *Shuō wén jiě zì* (說文解字) que es el primer diccionario etimológico de la lengua china. Los seis principios son los siguientes: el principio pictográfico (*xiàng xíng* 象形); el deíctico (ideogramas sencillos, *zhǐ shì* 指事); el indicativo compuesto (ideogramas compuestos, *huì yì* 會意); el semántico fonético (compuestos fonéticos, *xíng shēng* 形聲); el de carácter derivado (extensión etimológica, *zhuǎn zhù* 轉注) y el de préstamos fonéticos

象形	指事	會意	形聲	轉注	假借
日	上	即	河	考	北
月	下	林	洹	老	背
牛	亦	森	洋	顛	它
羊	刃	休	汝	頂	蛇

Los seis principios de formación de los caracteres chinos (攝影者：何玥彤)

(préstamos falsos, *jiǎ jiè* 假借).

Sabemos que los sinogramas son logogramas pero con muchos tipos derivados. Presentamos, primero, el principio pictográfico *xiàng xíng*, 象 形 que también lo denominan pictogramas, que son dibujos pictográficos que solían aparecer en huesos oraculares tales como caparazones de tortuga o huesos de ganado. Tenemos, por ejemplo, el sinograma 山 (shān, montaña) que apareció dibujado en el hueso oracular así 𝗠𝗠 y su escritura moderna es 山 .

Segundo, el principio deíctico o los ideogramas compuestos (*zhǐ shì*, 指事), que tiene el significado de "indicar las cosas" o "indicación", y suelen expresar una idea abstracta a través de una forma icónica. Tenemos los ejemplos del número uno en chino, que se indica con el número de trazo escrito como 一 (yī), y el número dos que se escribe como 二 (èr), etc.

Tercero, el principio indicativo compuesto (*huì yì* 會 意) ("significado conjunto"), que también podemos verlo como compuesto ideogramático. Como vemos en su denominación, este tipo de sinogramas es una combinación de dos o más pictogramas o ideogramas para sugerir otro significado. Tenemos el ejemplo de bosque 森 (*sēn*), que viene del carácter árbol 木 (*mù*). Descubrimos que con tres árboles (木 *mù*), se forma el carácter chino 森 (*sēn*) con el significado de bosque.

Cuarto, el principio semántico fonético (*xíng shēng*, 形 聲) que se puede llamar compuesto fono-semántico. Este tipo de sinogramas ocupan la mayoría de todos, casi más de 90% y como figura en su nombre, consiste en una parte de elemento semántico (o el radical, la raíz) y en otra fonética para facilitar o indicar la pronunciación. Por ejemplo, con la raíz 水 (*shuǐ,* agua), y con su elemento fonético 可 (*kě,* acceder), obtenemos el carácter chino 河 (*hé*, río). Y la pronunciación es similar a su parte fonética.

Quinto, los caracteres del principio de carácter derivado (*zhuǎn zhù* 轉 注) ("significado recíproco") son los que tienen significados similares y a veces con la misma raíz etimológica, pero con el paso del tiempo han modificado su pronunciación y significado, por ejemplo, los caracteres *lǎo* 老 (viejo) y *kǎo* 考

(examinar) que se derivan de una raíz etimológica común.

Y por último, el principio de los préstamos fonéticos (*jiǎ jiè* 假借), vemos que son préstamos de otros sinogramas para facilitar su pronunciación y suelen perder su significado original, tales como 背 (*bèi*, espalda) que adquiere la pronunciación de la parte arriba del carácter chino 北 (*běi*, norte).

En resumen, conociendo los seis principios citados se puede conocer profundamente la historia de la lengua china y la riqueza de sus formas y significados además de la belleza de su caligrafía.

La caligrafía china (*shūfǎ* 書法)

Indudablemente la caligrafía china (*shūfǎ* 書 法) es un arte milenario en la historia china y en Taiwán también juega un papel importante no sólo en el aprendizaje de los estudiantes, sino en la vida cotidiana de todos los taiwaneses. Cuando son pequeños los taiwaneses suelen aprender la caligrafía china para saber apreciar la belleza de los caracteres chinos y conservar esta tradición de la cultura.

Practicar la caligrafía china

Los cuatro tesoros del estudio (wénfáng sìbǎo)

Aprender a escribir caligrafía es considerado como una buena forma de mantener las virtudes y a la vez comprender lo que dice el contenido de los sinogramas, que puede ser un argumento del chino clásico sobre la ética, o simplemente una poesía o sabiduría de los intelectuales. Por lo tanto, una persona con buena caligrafía es una persona elegante, educada, con paciencia y disciplina. La caligrafía es la escritura china con tinta y pincel y sin duda es un arte chino con una larga historia. Este arte de la bella escritura no sólo representa la cultura china, sino el desarrollo de un largo recorrido en todas las dinastías en las que ha existido. Escribir con el pincel en un tipo de papel específico, es como experimentar las historias antiguas y a la vez expresar la personalidad o estilo del escritor. Desde el punto de vista de los taiwaneses, es también una manera de estudiar el tránsito de los tiempos pasados y purificar la mente o aclarar el pensamiento de uno mismo en el proceso. En chino mandarín se dice *shūfǎ* (書 法) para referirse a la caligrafía, que es una palabra compuesta del carácter *shū* con el significado del "libro, documento, carta" y por extensión, "la escritura" y del carácter *fǎ* (法) que significa "regla, ley, manera o forma". En el desarrollo de la escritura, era importante fijarse en las formas o figuras de estos rasgos y hay que escribirlos correctos, elegantes, simétricos y rectos. Antiguamente, los chinos tradicionales empleaban su estética, actitud, personalidad e ideas en las formas de escribirlos y así se propagaba la caligrafía.

Antes de estudiar la caligrafía china, es imprescindible conocer los "cuatro tesoros del estudio" (*wénfáng sìbǎo* 文 房 四 寶) que son el pincel, la barra de tinta, el papel, y la piedra tintero (*bǐ mó zhǐ yàn* 筆 墨 紙 硯) o las herramientas de la caligrafía china. Vemos primero el pincel, que a diferencia de las plumas estilográficas occidentales de punto de metal, tiene un mango de bambú, madera, porcelana o laca, con un conjunto de pelos de animales que pueden ser de ciervo, lobo, cabra o una combinación de todos. Este conjunto de pelos animales, se ajusta en una punta fina para poder precisar la escritura de caracteres chinos. Un pincel nuevo es rígido para proteger la punta final, por eso, antes de estrenarlo, es mejor remojarlo con agua tibia para ablandar los pelos, recuperar la flexibilidad y poder caligrafiar adecuadamente. Esta parte flexible es muy característica por ser capaz de expresar los trazos únicos con estilo personal y destacar la belleza de la caligrafía china. Hay una gran variedad de pinceles según los pelos y sus tamaños. En la escuela, los estudiantes tienen que aprender a manejar, como mínimo, tres tamaños de pinceles (el pequeño, el mediano, el grande) para practicar la caligrafía china. En las generaciones pasadas, en las clases de chino se enseñaba incluso cómo escribir el diario con pincel pequeño. Es curioso que, en el arte de caligrafía china, el maestro subraya los trazos o las partes donde escriben bien los alumnos con un círculo rojo, y eso quiere decir que están bien escritos los trazos, y significa que no hay errores. Los profesores usan tinta roja para corregir y marcar las partes excelentes y los estudiantes escriben con tinta negra. En segundo lugar, la barra de tinta es una barra negra hecha de una pieza seca de una mezcla de hollín de pino o aceite y laca. Disolviendo esta barra de tinta, frotándola en la piedra tintero con la cantidad de agua adecuada, podemos obtener la tinta negra para escribir. En la sociedad moderna taiwanesa, ya no se usa mucho esta barra de tinta porque la tinta está preparada en un recipiente de plástico y los estudiantes no tienen que aprender cómo frotar la barra de tinta para producir la tinta natural como en las generaciones anteriores. El tercer elemento es el papel específico y aunque en la antigüedad se usaba la seda, hoy el día es más común escribir en papel porque es más económico y accesible. Sabemos que el papel es un gran invento de los chinos antiguos y para escribir la caligrafía, se usa un papel específico que se denomina el "papel xuān" (*xuānzhǐ* 宣紙) y es un tipo de papel fabricado especialmente con el fin artístico para pintar o escribir la caligrafía china. El papel *xuān* se fabrica desde la Dinastía Táng (唐) y su característica, aunque es más transparente que uno normal, es ser compatible con la tinta, difícil de desteñirse, es permanente, resistente a los gusanos y fácil de conservar. Por tanto, este tipo de papel fue nombrado como "el rey de papel" o con cierta exageración como "el papel que dura mil años" (*zhǐ shòu qiānnián* 紙壽千年). Por último, la piedra tintero es donde se frota la barra de tinta con agua para producir la tinta. Es un recipiente especial con dos partes principales: por un lado, en la plataforma plana se disuelve la barra de tinta para conseguir la tinta; y por otro, en la parte hundida se guarda la tinta hecha para poder escribir. Normalmente, se moja el pincel en esta parte hundida para empapar bien todo el pincel, después se escurre el pincel en el borde de la piedra de tinta para eliminar la tinta que sobra, uniendo así los pelos de la punta del pincel para conseguir una forma fija y facilitar la escritura. Con ello, está listo el pincel para escribir en el papel.

Es esencial conocer las reglas básicas y orden de los trazos de los sinogramas para poder realizar la caligrafía china. La mayoría de la escritura occidental es alfabética, sin embargo, la escritura china puede tener otros valores simbólicos y significados. En la actualidad, en Taiwán se escribe de izquierda a derecha en horizontal como la costumbre de muchos idiomas occidentales. No obstante, en caligrafía china, el orden es de derecha a izquierda en vertical según la costumbre antigua china. Y hay que intentar escribir cada sinograma con una estructura cuadrada ya que así queda más equilibrado y simétrico según la estética china. Un trazo (*bǐ huà* 筆劃) es el que al escribir con el pincel, dura desde el momento en el que se apoya el pincel en el papel hasta que se levanta. Para los calígrafos, el inicio de "apoyar el pincel" (*luò bǐ* 落筆) y el final de "levantar el pincel" (*qǐ bǐ* 起筆) son los factores primordiales para tener una buena caligrafía. Además, hay

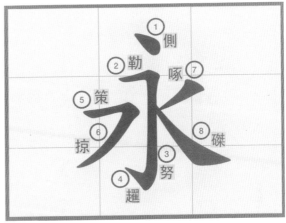

Los ocho trazos del carácter *yǒng*, fotografía de Ho Yueh Tung (攝影者：何玥彤)

que saber las reglas del orden de la caligrafía china que son las siguientes: de arriba a abajo, de izquierda a derecha, primero el trazo vertical y después el horizontal, primero el trazo descendente a la izquierda y después el descendente a la derecha, primero el trazo exterior, después el interior y que cierra el carácter, primero el centro y después las laterales, primero el centro y después el marco.

Una famosa clasificación de practicar los trazos chinos que nació en la dinastía Hán (漢) es de "los ocho trazos del carácter 永 *yǒng*" (*yǒngzì bāfǎ* 永字八法) del "estilo kǎi" (*kǎishū* 楷書) de aquella época. A continuación, presentamos la escritura de este carácter chino para los principiantes. Primero, el punto (*diǎn* 點) es un trazo en que hay que dar presión hacia la derecha para formar un pequeño triángulo y girarlo hacia izquierda. Segundo, es el trazo horizontal (*héng* 橫). Es un trazo que se parece al número uno en chino mandarín. Y aunque parece simple y fácil, hay que cuidarse al apoyar o dar la presión con el pincel al principio (algunos dicen que la dirección puede ser un ligero movimiento hacia abajo y después hacia arriba) e intentar hacer una inclinación, y al terminar hacer un pequeño giro hacia izquierda para cerrar bien bonito el trazo. No hay que olvidar que este trazo se escribe de izquierda a derecha y en horizontal. Tercero, es el trazo vertical (*shù* 豎) que se parece a una simple línea vertical. Como hemos citado antes, para

書法字體——王	
篆書	王
隸書	王
楷書	王
行書	王
草書	王

Los cinco estilos para practicar la caligrafía china "wáng", fotografía de Ho Yueh Tung（攝影者：何玥彤）

empezar la presión con el pincel es importante y con fuerza, mientras que al final del trazo, normalmente se levanta ligeramente haciendo una punta. Cuarto, el gancho (*gōu* 勾) es el que normalmente se combina con otros trazos para finalizar. En el caso del carácter *yǒng* (永), el gancho es presionar hacia abajo y hacer un movimiento hacia izquierda y arriba para formarlo. Quinto, es el trazo levantado (*tí* 提) y aquí se refiere a un desplazamiento ascendente de izquierda a derecha, y al que se da más fuerza al principio y termina con una punta ligera. Sexto, la curva (*zhé* 折) es un trazo que se escribe con presión al iniciar y de arriba abajo haciendo una pequeña curva hacia izquierda y para terminar hay que levantar el pincel para tener una punta fina. Séptimo, el trazo *piē* (撇) que es uno descendente de derecha a izquierda y finaliza en punta. Octavo, el trazo descendente de la dirección opuesta que el anterior es el trazo *nà* (捺). Sin embargo, este trazo no sólo termina en punta sino hay que dejar una "parte plana" abajo con fuerza.

Finalmente, estudiamos los cinco estilos más populares para practicar la caligrafía china, que son el estilo del sello (*zhuán shū* 篆書), el de los escribas (*lì shū* 隸書), el regular (*kǎi shū* 楷書), el coriente (*xíng shū* 行書) y el de hierba (*cǎo shū* 草書). El estilo del sello (*zhuán shū* 篆書), el más antiguo de los cinco, que en su sentido amplio puede incluir la aparición de los sinogramas como está demostrado con pruebas de la Dinastía Shāng (商 , 1700 a. C.-1100 a. C.) en rasgos arcaicos de la "escritura de oráculos sobre hueso" (*jiǎgǔ wén* 甲骨文) y "escritura sobre bronce" (*jīn wén* 金文) de la Dinastía Zhōu (周 , 1100 a. C.-771 a. C.). Son formas escritas grabadas en hueso, bronce o piedra en la época antigua de la historia china. Luego, vemos el estilo del sello en la Dinastía Qín (秦 , 221 a. C.-207 a. C.) con trazos más cuidados y redondos como dibujos y su característica son las líneas finas y puntiagudas en los extremos. Después apareció el estilo de los escribas (*lì shū* 隸書) que circulaba y usada frecuentemente en la Dinastía Hàn (漢) con formas más amplias y anchas, estiradas hacia los dos lados, simétricas y equilibradas. Luego, vemos el famoso estilo regular (*kǎi shū* 楷書), de la Dinastía Hàn (漢 , 202 a. C.-220). Son sinogramas más cuadrados y exactos con reglas estrictas y con trazos ordenados que pueden servir como modelos, por eso, obtuvo el nombre del "regular y modelo" en chino mandarín. Más tarde, en la Dinastía Jìn (晉 , 266-420) el estilo corriente (*xíng shū* 行書) empezó a ser la moda y era un estilo entre el regular y el de hierba. Es un estilo intermedio de los dos para solucionar la lenta velocidad de escribir con el estilo regular que requiere trazos muy claros, cuidadosos y sistematizados, y no tan difíciles de reconocer como el estilo de hierba. Finalmente, vemos otro estilo popular en la Dinastía Dōng jìn (東晉 , 317-420) que es el de hierba (*cǎo shū* 草書). Es un estilo con cambios variantes, emocionales, espontáneos. Cada calígrafo tenía su forma de escribir con este estilo y es difícil de reconocer el carácter claramente, pero se nota obviamente la personalidad de cada persona según los movimientos de los trazos.

En definitiva, podemos decir que la caligrafía china está relacionada con la historia china y representa una parte importante de esta cultura. En Taiwán es necesario aprender la caligrafía con pincel chino y tinta para sentir el arte oriental y percibir la belleza de los sinogramas. La caligrafía no es sólo una manera de escribir para uso práctico y estético, también es un instrumento para investigar el estado mental y personalidad del escritor.

Los aborígenes de Taiwán

Hay muchas etnias de aborígenes de Taiwán (*yuánzhùmín* 原住民 habitantes originarios) y hasta el año 2014, hay 16 grupos reconocidos por el gobierno taiwanés por las diferencias de sus culturas y lenguas. Son, por orden de cantidad

Tótem de los aborígenes de Taiwán

Vestimenta de los aborígenes de Taiwán

de población, el grupo Ami o Amis (*āměizú* 阿美族), el grupo Pawan (*páiwānzú* 排灣族), el grupo Atayal (*tàiyǎzú* 泰雅族), el grupo Bunun (*bùnóngzú* 布農族), el grupo Puyuma (*bēinánzú* 卑南族), el grupo Rukai (*lǔkǎizú* 魯凱族), el grupo Saisiyat (*sàixiàzú* 賽夏族), el grupo Tsou (*zōuzú* 鄒族), el grupo Tao (*dáwùzú* 達悟族), el grupo Thao (*shàozú* 邵族), el grupo Kavalan (*gámǎlánzú* 噶瑪蘭族), el grupo Taroko (*tàilǔgézú* 太魯閣族), el grupo Sakizaya (*sāqíláiyǎzú* 撒奇萊雅族), el grupo Saiediq (*sàidékèzú* 賽德克族), el grupo Saarao (*lāālǔwāzú* 拉阿魯哇族) y el grupo Kanakanavu (*kǎnàkǎnàfùzú* 卡那卡那富族). Sin embargo, todavía hay unos 11.000 aborígenes sin registrar sus denominaciones ni cultura. En total, todos estos aborígenes ocupan un 2,4% de los habitantes de la isla y son más de unas 570.000 personas aproximadamente. Los aborígenes de Taiwán son aquellos que vivían aquí antes de llegar la inmigración del grupo Hàn de China continental en el siglo XVII. Como la mayoría de los aborígenes tenían sus tribus en las montañas, se les llamaban también *gāoshānzú* (高山族), es decir, el grupo de la montaña alta. Todos ellos ya llevan más de ocho mil años viviendo en esta isla y sus lenguas pertenecen a la rama de las lenguas austronesias. Antiguamente los extranjeros, como los holandeses que llegaron a Taiwán, también llamaban a los aborígenes "formosanos", por el nombre portugués de Formosa de esta isla. Los indígenas taiwaneses eran politeístas ya que creían en varios dioses y que estos dioses eran representaciones de fuerzas de la naturaleza o principios ancestrales. Con la influencia de la llegada occidental, aceptaron ayuda y educación de los extranjeros y muchos de ellos se convirtieron al cristianismo. Los aborígenes taiwaneses conservan muchas tradiciones culturales y artesanas muy significativas, y en su música, arte, fiestas y mitología, podemos apreciar la presencia de la belleza y riqueza de su sabiduría. A continuación presentamos algunas actividades y creencias más características de los aborígenes de Taiwán.

En primer lugar, tenemos la Fiesta de la cosecha (*fēngniánjì* 豐 年 祭) de los Ami, que es una actividad anual que se celebra entre julio y agosto. La tribu aborigen Ami tradicionalmente cree que todos los seres vivos poseen espíritu que en su idioma se llama *kawas* (*línghún* 靈 魂) y según este concepto central, existen diferentes clases de espíritus tales como dioses, fantasmas, seres humanos, animales y plantas, etc. Y estos espíritus con diversos atributos se separan en dos niveles, como espíritus del cielo y de la tierra. Los espíritus del cielo incluyen los dioses del cielo, del sol, de la luna, etc., mientras que los de la tierra son dioses de la tierra, de animales, del mar, del río, etc. En los tiempos antiguos, en el grupo Ami había un hechicero (*wūshī* 巫師) que se llamaba *cikawasay* o *sikawasay* que era un profesional de la religión y que con las ceremonias de comunicar con los espíritus ofrecía ayudas para curar enfermedades o evitar la mala suerte, además de pedir bendición o dar agradecimiento a los dioses en las actividades de cultivo o de caza. Sin embargo, en la época moderna, la religión cristiana llegó a Taiwán y por eso, el sacerdote o pastor poco a poco sustituyó el trabajo del hechicero y llegó a ser el profesional de su religión.

La tribu Ami habita en los Distritos de (*Huālién* 花蓮) y (*Táidōng* 臺東) y la tradicional Fiesta de la cosecha es famosa por sus características peliculares aborígenes. Esta fiesta, como designa su nombre, se celebra después de la cosecha del arroz. Empieza en julio, pero cada tribu Ami, como está localizada en diferentes sitios desde el sur hasta el norte, la fecha de la cosecha normalmente en el sur comienza antes, y dura de un día a siete días. Es una ceremonia que principalmente se

Paisaje de Huālién

Paisaje de Táidōng

realiza para agradecer a los dioses por la cosecha, pero también es una actividad común social, para conocer a gente, relacionarse, graduación de niveles sociales y presentación de entrenamiento militar, etc. Muchos jóvenes del grupo Ami aunque viven ya en las ciudades, vuelven a sus tribus para participar en esta gran actividad porque es una fiesta multifuncional que contiene significados culturales, políticos, religiosos y sociales. Las actividades más famosas en esta fiesta son la ceremonia de entrada en la adultez, el baile para los invitados, el baile de la cosecha, el baile de cultivar, ceremonia de pescar, etc. Todo el proceso cuenta con tres pasos como "dar la bienvenida al espíritu", "invitar al espíritu" y "despedirse del espíritu". Antiguamente, la fiesta solía durar de ocho a quince días, las actividades eran más simples, y los hombres se agrupaban según la edad, con la prohibición de la participación de las mujeres. No obstante, con el cambio del tiempo, los días de celebración de la fiesta ya no son tantos y las ceremonias son más simples, con añadidura de algunas competiciones como carreras, sogatira, y tiro con arco, etc. para animar a la gente e incluso los visitantes normales pueden participar en algunas actividades.

Segundo, vemos el festival *Mayasvi* (*zhànjì* 戰 祭 festival de la guerra) del grupo Tsou, originalmente en situaciones como tiempo de la guerra o caza. En la actualidad se celebra en febrero y se realizan las actividades en un centro en que sólo se permite entrar a los hombres y este lugar se llama *kùbā* (庫 巴), una arquitecta única con madera y pajas. También es el sitio donde se adora el dios de los guerreros. En las ceremonias de la fiesta se unen todos en grupo y se dan responsabilidades que corresponden a hombres y mujeres respectivamente. También abarcan la ética de esta tribu, modales de la vida, conceptos religiosos, forma de baile tradicional, tradición de agradecer a los dioses, etc. Las típicas canciones de esta fiesta se cantan en coro y con distintos grupos para transmitir su literatura y música.

Tercero, está la Fiesta *Pas-ta'ai* (*ǎilíngjì* 矮靈祭 ceremonia de espíritu de baja estatura) del grupo Saisiyat, que no es para celebrar la cosecha como otros grupos sino es una acción de reconciliación y compensación. Hay varias versiones de la leyenda de este festival, una de ellas es la siguiente: Antiguamente la tribu Saisiyat convivía con otra de baja estatura (*ǎirénzú* 矮人族) y aunque eran pequeños y bajos, tenían mucha fuerza en los brazos y usaba la magia. Cada año, los de la estatura baja recogían las cosechas mejores y dejaban el resto a los Saisiyat. Poco a poco los Saisiyat empezaron a guardar rencor y se vengaron con trampas y mataron a la mayoría de los *airenzu*. Sobrevivieron dos personas del grupo de baja estatura y uno de ellos usó su magia para que los Saisiyat no tuvieran suficiente cosecha. Los Saisiyat quisieron pedirles perdón a los de estatura baja e hicieron esta fiesta de ofrecer sacrificios a los espíritus de los de estatura baja. Esta fiesta revela la experiencia de esta tribu de encontrarse con una cultura diferente, y por un lado, odiar a los de estatura baja, pero por otro lado, tenerles mucho miedo. En todas las ceremonias se reflejan estos sentimientos contradictorios y se presentan emociones fuertes. Es una actividad de gran importancia para la tribu y cada dos años se celebra una pequeña fiesta y cada diez años una grande. Se suele celebrar alrededor del 15 de octubre, es decir, después de la cosecha y dura tres noches y cuatro días. La fiesta se divide en unas ceremonias principales tales como "avisar a los espíritus", "dar bienvenida a los espíritus", "encontrarse con los espíritus", "entretener a los espíritus" y "despedirse de los espíritus". Dentro de ellas, la más sagrada es la parte de "dar la bienvenida a los espíritus" y sólo los de esta tribu pueden participar. Los ancianos del grupo Saisiyat suelen ofrecer alcohol y carne a los espíritus de baja estatura, y la parte de "entretener a los espíritus" se basa en baile y canto para conmemorar a los espíritus de los *airenzu*.

Por último, presentamos el grupo Bunun con su festival de disparar a la oreja de animales (*dǎěrjì* 打耳祭). Esta tribu tiene fama por su talento en la caza y los varones adultos entrenan a los jóvenes a disparar a las orejas de los ciervos como una técnica tradicional. Son muy buenos cazadores y la idea esencial de esta ceremonia es mantener las estrategias de caza, espíritu guerrero, y la unión de todo el grupo. Se celebra entre finales de abril y principios de mayo y toda la ceremonia está dividida en partes como cazar, tirar flechas a la oreja de ciervos, hacer barbacoa de cerdo, reponer la carne, practicar el tiro con arco. Antiguamente, los varones adultos tenían la obligación de ir a la montaña a cazar y cortar la oreja de animal como trofeo y colgarla en el sitio de la ceremonia para destacar su mérito y valentía. La mayoría de las actividades sólo están abiertas a los hombres, pero después de la prohibición del gobierno de la actividad de la caza, hoy en día el grupo Bunun sólo hace la práctica de tiro con arco en sustitución.

El idioma *jaka* y su cultura

Taiwán cuenta con una población de casi 23.590.000 personas, está situada en el Este de Asia, con una superficie de 35.980 km^2 y se considera como unos de los países asiáticos más libres y desarrollados. La moneda actual en circulación es el (nuevo) dólar taiwanés (con la sigla de NTD = New Taiwan Dollar). En su desarrollo histórico, la isla ha albergado distintas étnias y lenguas, como los *hoklo* (*mínnán* 閩南), los *jaka* (*kèjiā* 客家), los aborígenes (*yuánzúmín* 原族民), los chinos continentales y los nuevos inmigrantes de otras partes del mundo, por lo que aparte del chino mandarín, que es la lengua oficial del país, se habla también el

Academia de los estudios de la cultura jaka, fotografía de Ho Yueh Tung（攝影者：何玥彤）

minnanhua, el *jaka* y otros idiomas o dialectos. El gobierno taiwanés ha intentado promover actividades artísticas de los *jaka* y de los aborígenes para conservar estos idiomas estableciendo protecciones legales.

Los habitantes taiwaneses incluyen varias culturas diferentes, y una de ellas es la cultura *jaka*. Esta cultura tiene su propio idioma (*kèjiāhuà* 客家話) que se deriva del chino del sur de China. El *jaka*, además, está reconocido como uno de los idiomas nacionales de Taiwán desde el día 29 de diciembre de 2017. El nombre de este idioma, en chino mandarín es *kèjiā* (客家) que significa "visitante o invitado" y "familia", como "familias de acogida". Normalmente, se considera que el *jaka* en Taiwán está dividido en dos acentos principales: el acento *sìxiànqiāng* (四縣腔 , acento de cuatro condados) y el *hǎilùqiāng* (海陸腔 , acento de mar y continente). El primer acento es el más usado (casi un 58%) en los sitios públicos como en el metro y tren, y el segundo ocupa un casi un 45%. Los dos acentos son muy parecidos, sin embargo, tienen una diferencia en la entonación que unas veces en el acento *sìxiàn* es ascendente, mientras que en el acento *hǎilù* es descendente. Aparte de estos dos acentos, existen otros cinco con sus propios topónimos: *yǒngdìng* 永定, *cháng*lè 長樂 , *dàpǔ* 大埔 , *ráopíng* 饒平 , *zhàoān* 詔安 , denominados con la sigla *sìhǎiyǒnlè dàpíngān*, 四海永樂大平安 , que significa "en cuatro mares se está feliz y con salud para siempre". El acento *sìxiàn*, frecuentemente se escucha en el condado Miáolì (苗栗縣), y contiene seis tonos. Mientras que el acento *hǎilù* se utiliza normalmente en el condado Xīnzhú (新竹縣) por lo que también se denomina el acento Xīnzhú. Este acento tiene cierta similtud con el cantonés, idioma de la provincia Guǎngdōng (廣東省) y Hong Kong (香港), y contiene siete tonos. El acento *hǎilù* se refiere al jaka de dos Distritos chinos: el *hǎifēngxián* (海豐縣) y el *lùfēngxián* (陸豐縣), que forman con sus iniciales el nombre de este acento.

La cultura *jaka* juega un papel importante en Taiwán ya que hay muchos descendientes *jaka* aquí y posee una población de alrededor de 4 millones de personas. Veamos algunas características de esta preciosa cultura, empezando por la personalidad.

Dicen que la mayoría de los *jaka* son conservadores, con suerte, ahorradores, prácticos, unidos, aplicados, etc. La expresión curiosa de espíritu *yìngjǐn jīngshén* (硬頸精神 , espíritu de cuello duro o fuerte),y abreviado como *yìngjǐng*, describe a una persona fuerte, luchadora y perseverante, que trabaja muy duro y no se rinde nunca. Sin embargo, al principio esta expresión en el idioma *jaka* tenía un cierto sentido peyorativo porque se refiere a persona rebelde, terca e inflexible como se ve por los sinogramas de "cuello duro o fuerte". Con el paso del tiempo, esta expresión se utiliza más en el sentido bueno como ser valiente, luchar por su derecho y no tener miedo a la autoridad.

Es importante conocer la comida *jaka* que tiene su estilo especial de cocina. Los ingredientes de los platos *jaka* son muy simples y sencillos, no se malgasta nada y se suelen hacer la comida con verduras conservadas o encurtidas que son secas o preservadas con sal, ya que solían vivir en las montañas o tierras más aisladas y estériles y no tenían mucha cosa para preparar. Normalmente, como los antepasados solían andar mucho para migrar entre sitios y trabajaban por largo tiempo, la comida *jaka* es más salada y se guisa con más aceite o grasa para poder conseguir la energía necesaria. No obstante, con la tendencia de la comida sana, se han hecho alternativas con platos de menos aceite y sal. Las técnicas de la gastronomía *jaka* también son muy orientales como cocer al vapor y saltear. Los platos famosos de la cocina *jaka* son, por ejemplo, intestinos salteados con jengibre (con una abundancia de vinagre), calamar frito, cuajada de soja rellena de carne, carne de cerdo con hojas de mostaza al vapor, etc. El arroz es popular en la comida jaka sin duda, y el más distinguido es el fideo de arroz jaka (*kèjiā bǎntiáo* 客家粄條) que es plano y ancho. Existen variantes de este tipo de fideo como en la sopa o salteado.

Fideos de arroz jaka *(kèjiā bǎntiáo)*

Otro producto famoso del arroz es el pastel de arroz glutinoso (*kèjiā máshǔ* 客家麻糬 o *zī bā* 粢粑) que tiene el sabor y textura chiclosa y pegajosa.

El té *léi* (*léichá* 擂茶) también simboliza la cultura *jaka* debido a que es una bebida tradicional de esta comunidad. Muchas veces se le considera como una comida completa porque el té *léi* consiste en moler (verbo *léi*) ingredientes tales como sésamo, cacahuete salteado, té verde, etc. en un cuenco específico. Una vez machacadas bien todas las sustancias en el mortero, se añade después agua fría o caliente dependiendo del gusto o del clima y se sirve a los invitados o familiares con cortesía y hospitalidad este delicioso brebaje. Según dicen, el té *léi* es muy nutritivo y como los componentes de este tipo de té son muy sanos, ayudan al sistema inmunológico. El té *léi* puede ir acompañado con pasteles pequeños de arroz o se toma como una comida normal, al que se añade al arroz verdura seca,

etc. para enriquecer el sabor y completarla. En los lugares turísticos jaka, es muy interesante participar en la actividad de hacer el propio té *léi* con amigos y familiares.

No se puede olvidar presentar las telas floreadas *jaka*. Muchos la relacionan con la tela estampada, pero con la promoción y renacimiento de esta tela, se ha puesto de moda

Tela floreadas jaka, fotografía de Ho Yueh Tung
(攝影者：何玥彤)

últimamente para apreciar y conservar la tradición antigua por su diseño y el dibujo con flores coloridas y llamativas. Esta tela consiste en usar el color rojo chino y con abundantes flores, con la peonía como más representativa. Estos estampados floreados y rojos se consideran como el color y flores que dan suerte, riqueza, y nobleza, y se puede poner en diseños de vestidos, manteles, cojines, cortinas, bolsos, etc. Generalmente, la tela está hecha con algodón y como a los *jaka* les encanta y usan bastante en la vida cotidiana, por eso, también se denomina, como ya hemos dicho, "tela floreada jaka". El color rojo siempre está considerado como el que da mucha suerte, especialmente en las ocasiones para celebrar cumpleaños y bodas. Las flores, como las peonías, reciben cierta influencia de Japón y en los años cincuenta a sesenta, se fabricaba con gran cantidad este tipo de tela de algodón gracias al progreso de la industria textil en Taiwán. Antiguamente se utilizaba para cortinas o colchas de cama y con el tiempo se añaden más características taiwanesas y se transforma en una tela moderna y muy típica de Taiwán.

El idioma *minnan* de Taiwán (閩南語) y su cultura

El idioma chino mandarín es el idioma oficial de Taiwán y lo habla la mayoría de la población. Sin embargo, muchos taiwaneses también conocen el *mínnánhuà* (閩南話) que es un idioma hablado en la zona de Fújiàn (福建 , una provincia sureste de China) y es el segundo idioma más utilizado en esta isla. El idioma mayoritario hablado se conoce como *táiwān mínnánhuà* (臺灣閩南話) o *táiwān fújiànhuà* (臺灣福建話) que significa el idioma Mǐn (閩) de Taiwán, siendo la zona Mín otra denominación de la provincia Fújiàn de China. El *mínnánhuà* (閩 南話) es un idioma muy expandido por todo sureste de Asia, y se habla entre los chinos de Filipinas, Tailandia, Vietnam, Singapur, Indonesia, etc. Es una lengua usada en las familias y amigos, sea la lengua oficial del país que sea, aunque cada país mantiene su propio acento de *mínnánhuà*. Se puede deducir que todos estos hablantes tienen antepasados originarios de Fújiàn y con la inmigración a otros países, mantienen este idioma para comunicarse entre ellos. Por eso, se oye tanto el *mínnánhuà* en el sureste de Asia y las personas de origen chino pueden entenderse sin complicaciones.

Desde finales de la Dinastía Míng (明 朝 , 1368-1644) que fue la última dinastía gobernada por la gente de raza Hàn (*hànrén* 漢人) hubo muchas guerras en China continental, y cada vez había más gente que emigraba a través el Estrecho hacia Taiwán. Hubo un año en el que los hablantes en Fújiàn sufrieron una gran hambruna por la falta de cosecha, y las autoridades los animaron con ayudas de dinero a ir a Taiwán a cultivar la tierra y ganarse la vida, y así llegaron bastantes inmigrantes en aquella época para mejorar su situación económica. Aunque muchos de ellos después de tener una vida mejor se volvieron a China, otros se quedaron y aceptaron esta isla como su nueva casa viviendo aquí por generaciones futuras. Entre el año 1624 y 1626, los holandeses y españoles llegaron a Taiwán y con esta influencia de los extranjeros y también de los aborígenes, el *táiwān mínnánhuà* (臺灣閩南話) recibió muchas nuevas expresiones y organizó su acento especial. Durante la Dinastía Qīng (清 , 1636-1912) aunque algunos emperadores prohibieron la emigración hacia Taiwán para controlar actividades rebeldes de protesta contra la dinastía, en el año 1874 un funcionario imperial llegó a esta isla para hacerse cargo de la lucha contra la invasión de Japón. Desde entonces, se eliminó la prohibición de emigrar a Taiwán desde China. De las provincias chinas del sureste, al ser las más cercanas a Taiwán, llegaron más personas a vivir aquí y contribuyeron a la mezcla del acento del idioma taiwanés.

En el año 1895 la Dinastía Qīng (清) perdió la guerra con Japón y le cedió Taiwán. Durante la colonización de los japoneses, el japonés fue lengua oficial en la educación e influyó mucho en el *mínnánhuà*, el *jaka* y los idiomas aborígenes en esta isla. A finales del periodo de la colonización, se usaba el japonés en casi en todos los lugares y se perdió casi todo el sistema escrito y leído del *mínnán*, con un gran impacto negativo para este idioma. En 1945, el gobierno de la República de China llegó de China continental a Taiwán y con el ejército e inmigrantes, la población de Taiwán llegó hasta unos ocho millones de personas, el desplazamiento de habitantes con más cantidad de gente en la historia taiwanesa. Este gobierno promovió el chino mandarín como lengua oficial y prohibió el uso del *mínnánhuà, jaka* y otros idiomas en la educación y en el campus para que los jóvenes taiwaneses se integraran y se asimilaran con la cultura china, por eso, el uso del *mínnánhuà* declinó gradualmente.

En el año 2010, el Ministerio de Educación en Taiwán adaptó el consejo de los lingüistas para evitar la desaparición del *mínnánhuà* y empezó a organizar exámenes de certificación de dicho idioma e intentó promoverlo en la educación desde la escuela primaria. En la actualidad, las generaciones mayores, como los abuelos en Taiwán, hablan este idioma, pero muchos jóvenes en las ciudades, especialmente en la capital, no lo saben o no lo hablan bien. Esperemos que con las actividades tradicionales de música, cultura, literatura, teatro, arte, radio o incluso telenovelas en este idioma, se pueda fomentar y proteger el idioma y cultura *mínnán* del peligro de extinción.

La cultura de los que hablan taiwanés se denomina *mínnán wénhuà* (閩南文化), es decir, la cultura del sur de la provincia Mín, que es Fújiàn. Como hemos mencionado anteriormente, la cultura del idioma proviene del sureste de China y la mayoría de las personas *mínnán* es budista o taoísta y una minoría cristiana. Los *mínnán* son agradables, cariñosos, apasionados, valientes, generosos, abiertos, directos, firmes, fuertes y trabajadores, como define una típica canción taiwanesa *ài pīm cái huì yíng* (愛拼才會贏), que según el título, hay que luchar y luchar con mucho esfuerzo para poder ganar. La letra de la canción nos aclara que el destino determina el 30% de la vida, pero el 70% depende del empeño y sacrificio de cada uno. La persona no se puede derrumbar definitivamente en un momento temporal de depresión, ni quejarse constantemente, ni tener miedo al caer en una situación deprimida. La vida es como las olas del mar, hay altas y bajas. Hay que trabajar duro y dar cada paso firme para seguir adelante. Esta canción es muy famosa en Taiwán para animar a los pesimistas y muestra la creencia positiva de los *mínnán*. No les gusta hablar con rodeos, y el ser sincero y directo es una de sus características. Además, los *mínnán* dan mucha importancia al respeto a los familiares mayores y a la relación de bondad entre hermanos, padres, amigos que es también algo esencial para ellos. La unión del pueblo de la misma raza es muy fuerte. El espíritu de lealtad y el sacrificio de uno mismo para completar toda la familia también son ideas provenientes del pensamiento de Confucio.

Como herederos de la tradición de los Hàn (*hànzú* 漢族), adoran las ceremonias a los dioses, la naturaleza y los antepasados para demostrar el respeto y agradecimiento de sus bendiciones. Antiguamente los *mínnán* se ganaban la vida con la agricultura y los negocios, y al poseer un carácter entusiasta y

Pasteles de arroz *(guǒ)*

generoso, solían donar lo que ganaban para ayudar al pueblo a construir escuelas, hospitales, o cualquier desarrollo económico porque significa dedicación a dar algo en compensación a la patria. Por otra parte, les encanta adorar a diferentes dioses para pedir ayuda y protección, y abundan los templos de dioses tradicionales y templos dedicados a los antepasados.

En cuanto a la comida, el arroz es fundamental todos los días para los *mínnán* y conocen muchas formas de cocinar el arroz en distintos modos de comida, como diversos pasteles de arroz (*guǒ* 粿). El sabor de la comida es menos salado, guisan con poco aceite y no les fascina tanto ni el sabor agrio ni el picante, más bien les encanta el sabor dulce. Como a los *mínnán* les gusta tanto el arroz, es costumbre tomar el arroz todo el rato. El arroz puede ser al vapor, como lo conocemos todos, o sopa de arroz (*zhōu* 粥) para ser una parte principal de la comida. Los *mínnán* tradicionalmente consumen sopa de arroz con verdura encurtida, pescado o huevo por la mañana. Los platos son más simples y normalmente no comen ternera porque dicen que muchos de sus antecesores eran agricultores y ganaban la vida con la ayuda de este ganado para cultivar la tierra, y así para agradecer su sacrificio, deciden no tomar ternera para demostrar su respeto. Por otro lado, la salsa de soja desempeña un papel sustancial para ellos. Observamos que en muchos platos de los *mínnán*, se echa este tipo de salsa y como les gusta un toque dulce, muchas veces también se le añade un poco de azúcar que suele ser morena para tener un sabor equilibrado con el salado de la salsa.

Sin embargo, como los *mínnán* ofrecen sacrificios a los antepasados, y les importa mucho la ceremonia de venerar a los dioses, a veces son más supersticiosos

"Fiesta de los fantasmas o espíritus, el decimoquinto día del séptimo mes en el calendario lunar"

en la vida cotidiana. Vemos que muchos de ellos creen en la superstición del "mes de fantasmas o espíritus" (*guǐ yuè* 鬼月), que según el calendario lunar chino, es en julio. El día uno de julio se abren las puertas del mundo de los fantasmas o espíritus (*guǐménkāi* 鬼門開); el día quince es el más importante para ofrecerles comida con incienso y venerarlos; y el día treinta de julio es el de cierre de las puertas (*guǐménguān* 鬼門關) para los espíritus o fantasmas y también hay que darles comida y bebida para despedirse y manifestar el respeto. No se puede celebrar el cumpleaños, ni casarse, ni hacer mudanza en este mes, ya que los espíritus o fantasmas están en el mundo de los humanos y es un mes de ser discretos y religiosos para no ofenderles y traer mala suerte. Hay que tener mucho cuidado con la forma de actuar y hablar porque los mayores taiwaneses dan mucha importancia a esta creencia y constantemente están recordándosela a los jóvenes. Asimismo, hay muchas supersticiones en las tradiciones de los *mínnán* o con su idioma, como por ejemplo, el número "cuatro" que trae mala suerte por su pronunciación parecida a la de "muerte" tanto en idioma *mínnán* como en chino mandarín. Por eso el cuarto piso se vende más barato; el número de teléfono que incluya este número es menos popular; algunos hospitales u hoteles no marcan o no ponen el número de este piso, y saltan directamente al cinco.

YEAR OF THE RAT

YEAR OF THE OX

YEAR OF THE TIGER

YEAR OF THE RABBIT

YEAR OF THE DRAGON

YEAR OF THE SNAKE

YEAR OF THE HORSE

YEAR OF THE GOAT

YEAR OF THE MONKEY

YEAR OF THE ROOSTER

YEAR OF THE DOG

YEAR OF THE PIG

Parte 2

第 2 單元

Costumbres y creencias

社會習俗與民間信仰

社會習俗與民間信仰

　　本單元主要探討臺灣迷信、媽祖遶境和十二生肖。

　　從迷信可以探討一個社會的宗教信仰、行為、情緒、心理基礎等面向，雖然現今科學進步、科技發達，但在臺灣社會中，還是存在一些迷信的影子。藉由對於數字、文字、顏色的偏好，可以更了解臺灣人的文化習慣。

　　一般來說，臺灣民間還是相信有鬼神的存在，由此可以探討和西班牙的文化宗教差異，也更能了解兩者之間社會行為和思想意識的不同。例如：地府、陰間、燒紙錢、神位或牌位、擲筊、送終、燒紙錢或金錢等民間習俗。

　　十二生肖也是臺灣人普遍流傳的民間傳說，絕大多數的臺灣人出生就被告知當年的相對應動物生肖，也會隨時注意自己的每年運勢，跟西方的每月星座運勢也許有些雷同。這樣的文化習慣，源自於中國的生肖紀年，以及民間故事傳說。

　　另外，媽祖遶境的宗教習俗也是反映社會文化的重要一環。臺中大甲的媽祖遶境頗負盛名，遶境中的各項儀式（如：鑽轎底），以及跟隨遶境的隊伍陣容，都具備不同意義和特色，值得西語人士一一探索。

Una mujer orando con varillas de incienso

Costumbres y creencia

Las supersticiones taiwanesas

En la sociedad china y taiwanesa hay muchas supersticiones, unas con connotaciones buenas y otras malas. El número 8 es el preferido, porque tiene la pronunciación parecida al verbo *fā* (發) que significa hacerse rico o tener suerte. No fue casualidad que los Juegos Olímpicos de Pekín empezasen el 8 de agosto de 2008 a las 8:08 p.m. Pero se evita el número 4 porque suena como la muerte en chino y da mala suerte a la gente. Y cuando un número se repite (*wàn wàn suì* 萬萬 歲 = miles de años), indica buena suerte.

En algunos lugares de Taiwán todavía existe el matrimonio con fantasmas o muertos. Suena escalofriante este tipo de matrimonio y según la historia, los familiares de dos muertos pueden decidir casarlos y celebrar actividades para ellos como si estuvieran vivos. Antiguamente se casaba a dos muertos o fantasmas, pero en la sociedad actual se puede casar una persona viva con una muerta sin impedir el verdadero matrimonio. Las razones de este tipo de matrimonio pueden ser varias y una de las más convincentes pueden ser que los taiwaneses creen que después de la muerte existe otra vida en el mundo de los muertos que se llama *dì fǔ* (地府) o *yīn jiān* (陰間), donde los muertos siguen su vida allí como en el mundo terrenal. Así que algunos jóvenes, si mueren por accidente o enfermedades sin casarse, sus padres, para poder hacer algo por los hijos, buscan parejas para ellos. Por ejemplo, los familiares de una joven muerta pueden dejar un sobre rojo abandonado en la calle con dinero en efectivo dentro, o con dinero en papel de los muertos (*zhǐ qián*, 紙 錢), o con el pelo o uña de esa muchacha. Si algún muchacho encuentra este sobre por casualidad todo está señalado por el destino y el chico se tiene que casar con la tablilla (*shén wèi*, 神位 o *pái wèi*, 牌位) de esta muchacha siguiendo todas las actividades tradicionales del matrimonio.

Otra superstición es que no se puede colocar los palillos en posición vertical en el cuenco con arroz porque es como poner las varillas de incienso para rezar o adorar a los antepasados, o pedir paz a los fantasmas. Tampoco se puede silbar en el mes de los fantasmas, que es en julio según el calendario lunar, y suele caer en verano, porque si silbas por la noche en el mes de los fantasmas es falta de respeto hacia ellos, o algunos dicen que el silbar los atrae y puede ser poco auspicioso. Hay muchas supersticiones durante este mes, como la prohibición de tender ropa por la noche porque atrae a los fantasmas, o la prohibición de matar animales porque hay que tener respeto hacia todos seres vivos.

En los templos taiwaneses también es muy frecuente ver gente tirando al suelo piezas de bambú en forma de media luna y de color rojo (*zhì jiǎo*, 擲筊) para pedir deseos o preguntar a los dioses sus preocupaciones, tales como si debe cambiar de trabajo, o si va a tener suerte, o si debe casarse, etc., preguntas que los occidentales consideran que deben decidirlas personalmente pero para los taiwaneses, es como un acto de seguridad y tener suerte si siguen la guía de los dioses.

Entre otras supersticiones, tampoco se puede regalar zapatos a una pareja porque eso significa que se la echa de la relación y puede romper la relación amorosa, ni regalar un reloj a una persona porque suena como *sòng zhōng* (送終)

Las piezas de bambú en forma de media luna y de color rojo (*zhì jiǎo*)

Quemar dinero de papel (*zhǐ qián o jīn zhǐ*)

que significa asistir a su funeral. Otra superstición llamativa en Taiwán es quemar dinero de papel (*zhǐ qián* 紙 錢 o *jīn zhǐ* 金 紙) bordado de oro para los dioses muertos, o fantasmas, ya que muchos taiwaneses son taoístas y el día 1 y el 15 de cada mes, según el calendario lunar, tienen que venerar a los dioses y antepasados ofreciéndoles con respeto frutas y quemando este tipo de dinero para que puedan usarlo en su mundo y así nos protejan más.

La procesión de la diosa Māzǔ (媽祖)

Como es sabido, muchas religiones tienen la obligación de peregrinar a algún templo de sus propios dioses, y en Taiwán tenemos la peregrinación de la diosa Māzǔ (媽祖). El objetivo de esta actividad es celebrar el cumpleaños de Māzǔ y los fieles suelen pedir deseos como tener suerte para los negocios o incluso para curar enfermedades. Māzǔ es la diosa del mar y también posee varios nombres diferentes según la historia, tales como Santa Madre del Cielo (*tiānshàng shéngmǔ* 天 上 聖 母 - *mǔ*), Reina del Cielo (*tiānhòu* 天 后), Consorte del Cielo (*tiānfēi* 天 妃). Taiwán es una hermosa isla rodeada por mares y antiguamente los que vivían cerca de la costa solían pescar o hacer negocios de transportación para ganarse la vida y por eso, las actividades marinas eran frecuentes y con alto riego. Hay varias versiones sobre el origen de la diosa Māzǔ. A continuación ofrecemos una de las más conocidas.

Cerca del año 960 en la Dinastía Sòng (宋朝), la mujer de un guardia marino con el apellido Lín, en Fújiàn (福建), tuvo un sueño en el que le regaló una flor la diosa Púsà (菩薩) para que la comiera y después se quedó embarazada. Entonces nació la hija menor de esta familia y decían que la noche anterior de su nacimiento, todo el pueblo vio una estrella fugaz que llevaba una estela de la luz roja y cayó en una roca que se iluminó, así que todos creían que la chiquitita sería una persona extraordinaria. Al nacer, la niña no lloraba, por eso, sus padres le dieron el nombre *Mòniáng* (默娘 , mujer callada). Era una niña muy inteligente y sabía observar las estrellas y el cielo para predecir las situaciones meteorológicas que influían mucho

Templo Zhènlán, fotografía de Ho Yueh Tung (攝影者：何玥彤)

en la navegación. Por lo tanto, sirvió de una gran ayuda para los pescadores y la denominaban como la adivina o "mujer del dragón" (*lóngnǚ* 龍女). Creció con un buen corazón, estudiaba medicina por su cuenta y siempre cuidaba a los enfermos o pobres sin pedir nada en cambio. Por esta razón, todo el pueblo la adoraba y la quería mucho.

Un día Monián soñó que su padre y su hermano estaban en un barco que se hundía. Ella sólo podía salvar a una persona y le alargó la mano a su hermano así que su padre se ahogó en el mar. Unos días después, volvió a casa su hermano contándole que su padre había desaparecido en un naufragio por culpa de un tifón, pero el hermano vio a una chica sentada en una nube con loto que le salvaba la vida. Y según la descripción del hermano, la muchacha se parecía a Monián.

Monián murió a los 28 años, sin casarse, algunos decían que no murió sino que se fue a una montaña sola y al meditar, ascendió al paraíso como diosa siguiendo la luz. Muchas leyendas taiwanesas cuentan los milagros que hizo Monián para proteger a los marineros o los paisanos y poco a poco, se hizo famosa como la patrona del mar que defendía a los marineros, comerciantes, pasajeros, viajantes, etc. Y una de sus denominaciones más sabidas es Māzǔ (媽祖 , madre y antepasada) porque sus seguidores la consideran como la madre que cuida a todo el mundo.

Las procesiones de Māzǔ son muy distinguidas en Taiwán y una de las más conocidas tienen lugar en Dàjiǎ (大甲) un pueblo situado en el Distrito de Táizhōng (臺中). Muchos dicen que hay que experimentar esta única actividad una vez en la vida para conocer el ambiente cultural taiwanés. Se suele empezar las procesiones el día 23 de marzo, según el calendario lunar, porque es el cumpleaños de Māzǔ. Los fieles seguidores andan desde el templo Zhènlán (鎮瀾宮) de Dàjiǎ hasta el templo Fèngtiān (奉天宮) de Jiāyì (嘉義) y después vuelven otra vez a Dàjia. La procesión dura nueve días y ocho noches y recorre unos 340 kilómetros de ida y vuelta, se considera como la mayor procesión de Taiwán y es una de las

importantes tradiciones folclóricas. Cada año atrae miles de fieles o turistas para participar en este evento y la ruta pasa por muchos templos de diversas ciudades y distritos. El recorrido es cansado pero muchos intentan terminarlo andando para venerar a Māzǔ y darle su respeto o pedirle que les proteja. Los vecinos a lo largo del camino también ofrecen comida o bebida para los participantes de las procesiones.

Una curiosa actividad llamada *zuānjiàodǐ* (鑽轎底) es pasar por debajo del carro o silla que lleva a Māzǔ, y dicen que así se pueden obtener más bendiciones de la diosa. Otra cosa

Pasar por debajo del carro o silla que lleva a Māzǔ (*zuānjiàodǐ*), fotografía de Jhu Jhen Yuan (攝影者： 朱振源)

interesante es que al frente de la peregrinación, siempre hay una persona llamada *bàomǎzī* (報馬仔 , el reportero) con vestido especial, tal como ropa negra (significa tener prestigio); sombrero tradicional chino con cinta roja *hóngyīng mào*, (紅纓帽 el sombrero de cortesía o de los oficiales antiguos que significa responsable); gafas con una lente (significa saber diferenciar los buenos y malos); un chaleco de piel de oveja al revés (*fǎnchuān yángpíǎo*, 反穿羊皮襖 significa saber la inconstancia del afecto humano y poder dar cariño a los demás); con bigote en forma de la cola de golondrina (*yànwěixū*, 燕尾鬚 , cuya pronunciación es similar a "no decir falsedad" o *yánfēixū* 言非虛 , es decir, decir siempre la verdad y ser fiel a la palabra dada); un paraguas de papel *zhíshàn* (直善 , pronunciación parecida a ser honesto y con bondad); botijo de estaño *xífú* (惜福 , pronunciación parecida a saber apreciar la suerte); el instrumento musical *gong* (significa todos con un corazón para hacer todo *tóngxīn láoxīnláolì* 同心勞心勞力); un puerro (*chángcháng jiǔjiǔ*, 長長久久 , pronunciación similar a "para siempre"); zapatos hechos con hierba (*jiǎotà shídì* 腳 踏 實 地 , ser realista y firme); una bolsa de tabaco (el incienso indica que las tradiciones se transmiten de generación en generación); un hilo rojo (para tener bendición, especialmente tener suerte en el matrimonio); pantalones con un lado cogido hasta la rodilla (*bùdàorén chángduǎn* 不道人長短 su pronunciacón en chino significa no cotillear a la espalda de otros); una herida en el pie (*jiǎoshēng huāng*, 腳生瘡 significa no revelar la herida de los demás o aprender de la experiencia y no cometer el mismo error); una pata de cerdo (pronunciación similar a "satisfecho con lo que tiene y estar feliz constantemente *zhīzú chánglè* 知 足 常 樂), etc. La misión de esta persona es ir delante de la procesión para mirar el camino y avisar a todos que viene ya la diosa para que puedan ir preparando el incienso para adorarla.

El horóscopo chino

En el mundo occidental, hay un horóscopo de doce signos astronómicos, mientras que en Taiwán también existen doce animales para designar el horóscopo chino. En la astrología china, los 12 meses del año están representados cada uno por un animal en el siguiente orden: rata, buey, tigre, conejo, dragón, serpiente, caballo, cabra, mono, gallo, perro y cerdo.

Según una leyenda china, que tiene muchas versiones diferentes, hubo una carrera de animales que organizó el Emperador de Jade (*yùhuáng dàdì* 玉皇大帝) para decidir cómo ordenar el zodiaco chino, ya que antiguamente no había calendario concreto para calcular el mes y el año. Y el Emperador de Jade iba a nombrar los años según los doce primeros animales que ganaran la carrera en su cumpleaños. Al enterarse de la noticia, todos los animales querían participar y ganar. Algunos dicen que la rata y el gato eran buenos amigos pero no sabían nadar y decidieron pedir el favor

Los doce animales del horóscopo chino

El Emperador de Jade (*yùhuáng dàdì*)

al buey para que los ayudara a cruzar el río. El buey, que era un animal con buen corazón, les ayudó, sin embargo, la rata era malvada y como quería ganar, cuando cruzaban el río, empujó al gato al agua, llegó sola la orilla y consiguió ganar el primer puesto en la competición. Desde entonces, los dos animales se convirtieron en enemigos para siempre. El buey ganó el segundo puesto de la carrera porque tenía una constitución física fuerte. Después llegó el tigre que encontró fuertes corrientes de agua, pero gracias a su fuerza logró salir de ellas y llegar a la meta. El conejo logró el cuarto puesto porque era un animal muy ágil y supo cómo ir saltando de roca a roca para llegar. El quinto fue el dragón que tenía el poder de volar, pero como tuvo que detenerse para ayudar a crear lluvia benéfica en la tierra para los humanos, se retrasó y llegó tarde. Después el caballo parecía que iba a llegar con tiempo suficiente, pero justo en aquel momento apareció la serpiente que se fue escondiendo detrás de él y al final le dio un susto enorme, y como consecuencia, la serpiente consiguió el sexto lugar y el caballo el séptimo. Estos dos animales fueron seguidos a poca distancia por la oveja, el mono y el gallo porque estos tres animales demostraron su amistad y cooperación trabajando en equipo para cruzar el río, pero a pesar de sus esfuerzos se demoraron y solo pudieron ocupar los puestos octavo, noveno y décimo. El undécimo lugar fue ocupado por el perro porque se entretuvo bañándose en el río y se retrasó bastante. Y justo cuando el Emperador de Jade iba a anunciar el cierre de la carrera, apareció el cerdo que se clasificó por los pelos porque después de comer se había echado una siesta y casi no llega a tiempo. Estos doce animales fueron nombrados por el Emperador de Jade para ser los doce signos animales del zodiaco chino.

Según el año de nacimiento se puede saber a qué animal de zodiaco chino pertenece cada persona. Casi todos los taiwaneses saben su signo de zodiaco, además, también es muy importante la fecha y la hora de nacimiento ya que todo esto influye en la suerte, el destino y el futuro o en cualquier decisión que van a tomar en la vida cotidiana. La importancia del horóscopo en la vida de los taiwaneses se puede decir, sin lugar a dudas, que es mucho mayor que en el mundo occidental. En Taiwán, los padres planean conscientemente un embarazo para que sus hijos nazcan regidos por diferentes signos, sobre todo en los años del dragón. Para los taiwaneses, por otro lado, los tigres tienen signo social negativo porque critican la autoridad y causan problemas a sí mismos y a su familia. La influencia social del horóscopo es tan grande que a veces las agencias de reclutamiento de trabajo escogen o no a una persona basados en su horóscopo. En Taiwán la posición de los planetas, del Sol, la Luna y cualquier cometa en el cielo, combinados con la fecha de nacimiento y el signo zodiacal, puede determinar el destino de una persona. Dependiendo de cuándo haya nacido alguien, a diferencia de Occidente, para los taiwaneses existen signos con ventajas y desventajas que se tienen en cuenta para muchos aspectos y decisiones en la vida.

Parte 3

第 3 單元

Pensamiento y filosofía
思想與哲學

思想與哲學

　　臺灣社會深受儒家思想影響，因此有必要讓西語人士認識跟自身文化不同的人際關係和倫理思想。孔孟思想在傳統社會中，依舊扮演重要角色，無論是家庭關係或是工作職場，都是需要注意的。

　　本單元簡單介紹四維、八德、三綱、五常、孔子和儒家思想，也透過仁與禮的解釋，藉以延伸到社會人際關係倫理的說明，希望能讓西語人士更加理解臺灣社會的禮儀規範和文化。

Las Analectas (*Lúnyǔ*)

Pensamiento y filosofía

La ética o moralidad taiwanesa en las relaciones personales

La ética en la cultura occidental proviene del griego "ethos" y significa costumbre, uso, conductas habituales y hasta se puede referir al carácter o personalidad de una persona. Se nota obviamente que la ética occidental y la oriental de Taiwán son muy diferentes. Es importante conocer la ética en la cultura taiwanesa, ya que procede de la larga historia china y de la filosofía de Confucio (*Kǒngzǐ* 孔子, maestro Kǒng). Ante todo, habrá que estudiar bien los principios establecidos por Confucio (551-479 a. C.) que es el famoso pensador y maestro chino y sus doctrinas conocidas como Confucianismo (o Confucionismo). La ética taiwanesa viene de este origen y por eso, la importancia de saber las doctrinas del confucianismo es indudable. Cabe añadir aquí que los libros esenciales del confucianismo son los *Cuatro libros* (*sìshū* 四書) y fueron elegidos por Zhūxī (朱熹) de la Dinastía Sòng (宋朝) como los textos más estudiados para aprobar las oposiciones o exámenes oficiales de aquella época y poder trabajar como funcionarios de la dinastía. Por otra parte, están también los *Cinco clásicos* (*wǔjīng* 五經). Los Cuatro libros son las *Analectas* (*Lúnyǔ* 論語), *Gran saber* (*Dàxué* 大學), *Doctrina del Medio* (*Zhōngyōng* 中庸) y *Mencio* (*Mèngzǐ* 孟子). Los Cinco clásicos son el *Clásico de la poesía* (o de las odas) (*Shījīng* 詩經), *Libro de la historia* (*Shūjīng* 書經), *Libro de los cambios* (*Yìjīng* 易經) *Libro de los ritos* (*Lǐjīng* 禮經) y *Anales de primavera y otoño* (*Chūnqiū* 春秋).

Basada en todas estas normas tradicionales chinas, se puede decir que la ética china contiene los siguientes principios: los "cuatro sostenes o anclas" (*sìwéi* 四維), "ocho virtudes" (*bādé* 八德), "tres normas o éticas" (*sāngāng* 三綱) y "cinco normalidades" (*wǔcháng* 五常, wuchang). En primer lugar, los "cuatro sostenes o anclas" son modales o maneras (*lǐ* 禮), rectitud (*yì* 義), integridad (*lián* 廉), vergüenza (*chǐ* 恥) Y las "ocho virtudes" son lealtad (*zhōng* 忠), piedad filial (*xiào* 孝), benevolencia (*rén* 仁), amor (*ài* 愛), fidelidad (*xìn* 信), justicia (*yì* 義), armonía (*hé* 和) y paz (*píng* 平). Las "tres normas o éticas" consisten en que, por un lado, los servidores, hijos y mujeres tienen que ser obedientes a los emperadores, padres y maridos, respectivamente como se dice en chino mandarín: *jūn wéi chén gāng* (君為臣綱), *fù wéi zǐ gāng* (父為子綱) y *fū wéi qī gāng* (夫為妻綱). Y por otro lado, también exigen que los emperadores, padres y maridos sean modelos para los servidores, hijos y mujeres. Estas normas reflejan la situación y diferentes posiciones de cada persona en China, que era una sociedad feudal, y ya no son muy adecuadas para una sociedad moderna con igualdad, sin embargo, en las relaciones personales taiwanesas todavía se encuentran con frecuencia las expectativas de este tipo de normas, especialmente en el ambiente de trabajo, de clase, de familia, etc. Las "cinco normalidades" también se consideran como las cinco virtudes que tienen que poseer cada persona, y que son la benevolencia, justicia, rectitud, sabiduría, y lealtad (*rén yì lǐ zhì xìn* 仁義禮智信). Todo esto forma parte de la cultura china y tiene una gran influencia en la sociedad taiwanesa hasta impactar las relaciones personales.

Después de haber presentado la ética o modalidad de la cultura taiwanesa, señalamos algunas particularidades ya que los principios de este tipo de ética es mantener las relaciones entre personas. Según el pensamiento chino, saber distinguir estas relaciones es la diferencia entre humanos y animales, por eso, hay que valorar ciertas normas estrictas de la ética china como fuerza de sostener la sociedad. Sin embargo, en occidente, la ética es más bien la esencia de valorar la opinión, opción, justificación de cada individuo, es más libre y con respeto, tiende a tener un aspecto más individual. Como hay tantas normas o doctrinas que seguir según la cultura china, en el ambiente laboral hay que tener mayor atención a dichas normas. Por ejemplo, un novato en el trabajo o en clase, suele llamar "hermano/a mayor" (*xuézhǎng* 學長 o *xuéjiě* 學姊) a los mayores o con

Gesto de saludos con respeto o felicitación

más experiencias con respeto y este tipo de denominación tiene el significado de "mentor" o "guía". En la sociedad de Taiwán, no se debe perseguir solo el bien individual sino mantener la armonía del equipo. Dicho en otras palabras, es mejor seguir las normas explícitas de comportamiento personal para

El hijo dando masaje al padre

fundar la base de una sociedad feliz y pacífica. La bondad al prójimo como el rén (仁 benevolencia) es también una virtud que se debe promocionar, el estado máximo de esta virtud es ser como un santo y cada uno es un santo potencial y hay que aprender y aguantar hasta que se pueda serlo. Para cumplir la virtud se necesita la ayuda de modales o maneras (*lǐ* 禮) porque la cortesía, el protocolo o la etiqueta ritual son los pasos para obtener una personalidad de acuerdo con la ética china. Otra cosa particular es la piedad filial (*xiàoshùn* 孝順) en la cultura taiwanesa, pues como define el confucianismo la fuerza de una nación se deriva de la integridad de la familia, y la creencia de los miembros de la familia es subrayar la importancia de la obediencia y jerarquía, ya que las épocas antiguas chinas eran casi todas imperiales y estos valores de la familia determinan las relaciones de personas y sociedad. O sea, hay que respetar sin excepción a los hermanos mayores, padres, profesores, jefes, etc. Y no cuentan mucho las opiniones individuales, al contrario de la sociedad occidental. No obstante, se ve que va cambiando la sociedad taiwanesa con la modernidad e internacionalización por la influencia occidental y las diferencias individuales con sus distintos perfiles, cada vez se aprecian más en la libertad personal sin tanto condicionamiento a las reglas de la ética tradicional confuciana.

Confucio y el confucianismo

Confucio (*Kǒngzǐ* 孔子 maestro Kǒng) es un personaje significativo en la cultura china y también para conocer la cultura taiwanesa, su ideología y filosofía son elementos imprescindibles. Confucio nació en el Estado Lǔ (*Lǔguó* 魯國) en la dinastía Zhōu Este (東周) del período de los Reinos Combatientes (*ChūnQiū* 春秋). Kǒng es su apellido paterno, pero antiguamente, en la historia china, los hombres además de apellido de familia usaban nombres sociales de cortesía, por ejemplo, el nombre de Confucio era Qiū (丘), y poseía otro

Confucio (*Kǒngzǐ* o maestro Kǒng)

nombre social como Zhòng ní (仲 尼). Era de una familia rica arruinada y por eso, su niñez fue pobre. De joven trabajó como funcionario en la administración del Estado Lǔ, pero dejó los trabajos años después porque no estaba de acuerdo con la política del Estado. Empezó a impartir algunas clases desde joven, y sus seguidores lo adoraban y cumplían con las ideas o costumbres establecidas por él. Su enseñanza tiene mucha fama y los dos principios más destacables son, por un lado, para la enseñanza no debe haber distinción entre discípulos de distintas clases sociales, es decir, una educación para todos sin discriminación (*yǒujiào wúlèi* 有 教 無 類); y por otro, enseñar particularmente a los alumnos según sus aptitudes (*yīncái shījiào* 因材施教). Estos métodos de enseñanza daban oportunidades para todas las clases de alumnos y podían promover las ideas y creencias de Confucio y difundir ampliamente su filosofía. Además, también fue pionero y representante de la enseñanza personal, por lo tanto, la generación posterior lo designó como modelo de los maestros para todas las generaciones (*wànshì shībiǎo* 萬世師表) o el maestro más santo (*zhìshèng xiānshī* 至聖先師). Sus enseñanzas influyeron desde entonces y en la dinastía Hàn (漢朝) el emperador Hàn Wǔdì (漢武帝) declaró como ley la de seguir sólo los principios de Confucianismo (*dúzūn rúshù* 獨尊儒 術) que se convirtió en una filosofía poderosa y valiosa en toda China. Hoy en día, el confucianismo se ha expandido hasta países como Japón, Corea, Vietnam, etc., y desempeña un papel potente en culturas como la taiwanesa. La buena conducta en la vida, como la cortesía o el protocolo (*lǐ* 禮) es esencial en la enseñanza de Confucio. Vemos algunas ideas principales del *lǐ* (禮): es como un protocolo que es parte de la tradición y a veces se le traduce como la "razón" (*lǐ* 理); además, el *lǐ* (禮) es "verdadero sentimiento" (*zhēnqíng* 真情); también es saber controlar o actuar adecuado en cada ocasión; es no malgastar ni abusar de los recursos, es mejor ahorrar y simplificar que desperdiciar y exagerar; el *lǐ* (禮) es repetar a todos los seres vivos del mundo.

Otro factor fundamental de su filosofía moral, es el *rén* (仁) que signifca la bondad o benevolencia, es la virtud de la humanidad y suele relacionarse con el respeto, la reciprocidad, la lealtad, etc. Los valores irreemplazables del *rén* (仁) desempeñan un papel importante en las relaciones personales en la sociedad china y taiwanesa, tales como entre gobernador y ministro, entre padre e hijo, entre marido y mujer, entre hermano mayor y el menor, y entre amigos. Son las llamadas *wǔ lún* (五倫 cinco relaciones éticas).

El confucianismo es la filosofía de Confucio que está basada en unas normas, comportamientos o pensamientos morales, rituales y religiosos y hay que practicarlos todos los días como ser humano. Los valores principales del confucianismo contienen el *rén* (仁), *shù* (恕), *chéng* (誠), *xiào* (孝) que son la bondad o humanidad, perdón, lealtad y piedad filial respectivamente. El cultivo o realización de ser un caballero (*junzi* 君 子) es un proceso de aprender la moralidad y hacer hincapié en la cooperación del *rén* (仁) y el *lǐ* (禮) que son complementarios. Este tipo de espíritu humano también valora la educación y política de benevolencia e intenta atacar la tiranía, reestablecer los órdenes de protocolo con armonía, proteger el estado y tranquilizar el pueblo. Podemos decir que el confucianismo es una filosofía que exige orden para preservar las tradiciones y ética china y no se puede ignorar a la hora de estudiar la moralidad o pensamiento en la sociedad de Taiwán.

Parte 4

第 4 單元

Gastronomía
飲食

飲食

民以食為天，臺語中最常見的問候語便是：「吃飽了嗎？」，也因此飲食在認識臺灣的文化當中，扮演舉足輕重的角色。

本單元將介紹臺灣人主要的特色飲食，如：豆漿、滷肉飯、蚵仔煎、珍珠奶茶、臭豆腐、小籠包和牛肉麵。希望藉由這些美食大使，搭起與國際溝通的橋樑，也期盼能有更多的美食交流。

臺灣的夜市小吃也是飲食重要一環，很多深夜小吃都是人民療癒心靈的食物，這個單元也將介紹各種夜市小吃，希望讓西語人士多一分對臺灣特色食物的認識，甚至有機會親自來臺嘗鮮。

此外，臺灣人熱愛吃火鍋，也常常引起西語人士的好奇心。火鍋的歷史起源於中國文化，各民族有自己的火鍋種類，臺灣人也各有所好。這樣的特殊飲食方式，衍伸出不同的火鍋種類、醬料、食材和湯底；常常可以透過火鍋的口味和種類，認識地理歷史的變革。

另一方面，品茗是臺灣社會的禮儀之一，其儀式講究且細緻，是一種對於茶的欣賞。透過相關歷史書籍，得知這樣的傳統也源自於中國的飲茶文化，包括對於使用茶具的重視。如今，臺灣人喜愛喝茶的風氣更甚以往，也發展出形形色色的茶品項，甚至帶動世界潮流（如：珍珠奶茶）。

Gastronomía

La gastronomía taiwanesa

La gastronomía taiwanesa atrae a miles de visitantes de todo el mundo para probar sus delicias. Presentaremos algunos platos o platillos que tienen más fama en Taiwán.

Para desayunar hay muchas opciones como leche de soja (*doùjiāng* 豆 漿); churros taiwaneses (*yóutiáo* 油條); bolas de arroz (*fàntuán* 飯糰) que se conocen en japonés como *onigiri*; omelet taiwanesa (*dànbǐng* 蛋餅); sopa de arroz (*xiánzhōu* 鹹粥), etc. Estos desayunos son baratos y fáciles de conseguir ya que la mayoría de los taiwaneses suelen trabajar temprano, como sobre las ocho y media, y tienden a comer fuera. Respecto a la comida o cena, el famoso arroz con carne cocida con

Sopa de arroz (*xiánzhōu*)

soja (*lǔròu fàn* 滷肉飯) es indudablemente un plato favorito de muchas personas. Normalmente suele hacerse con carne picada de cerdo y es cocida con salsa de soja durante horas para que la carne absorba el excelente sabor de la soja. Se sirve con arroz blanco y frecuentemente se come con col china hervida o huevo cocido con soja. La salsa de soja es imprescindible para muchos taiwaneses y casi todas las familias tienen más de una marca de este tipo de salsa en su cocina. Otro plato conocido es la torta de huevo con ostras y verduras como repollo chino, que se pronuncia *oazen* en taiwanés y en mandarín *ézǐjiān* (蚵仔煎). Hay muchas ostras frescas en Taiwán y se aprovechan para hacer una torta a la plancha. Este plato contiene harina, huevo, ostras y verdura, y con una salsa roja por encima. La salsa es de sabor salado y dulce a la vez, ya que a los taiwaneses les gusta un toque dulce para abrir el apetito.

El té con leche y bolitas de tapioca (*zhēnzhū nǎichá* 珍珠奶茶) se hizo famoso por todo el mundo últimamente. Estas bolitas de tapioca pueden tener diferentes sabores según la invención de Taiwán, por ejemplo, de sabor a café, a azúcar moreno, etc. Es muy importante que estas bolitas tengan una textura chiclosa o pastosa sin llegar a ser crujiente porque a los taiwaneses les encanta masticar y apreciar el sabor en cada mordisco, pero sin ser demasiado blandas ni duras.

Una comida muy llamativa para los extranjeros es el tofu maloliente (*chòu dòufǔ* 臭豆腐). Como podemos averiguar por su denominación tiene un olor "especial" y si gusta o no depende de cada persona. Es tofu fermentado por un proceso especial y después se fríe y se sirve con escabeche de repollo. Según los aficionadores a esta comida, el tofu maloliente tiene textura esponjosa y un olor específico, al comerlo es crujiente por fuera y jugoso por dentro. Al igual que algunos occidentales se enamoran del queso azul, el olor y sabor del tofu maloliente son incomparables.

Las empanadillas al vapor (*xiǎolóngbāo* 小籠包, "cesta de pequeños panecillos") están rellenas de carne de cerdo con caldo dentro. En Taiwán hay un restaurante muy conocido al que vienen muchos turistas de todo el mundo a probar esta delicia. Tienen la forma externa como una cesta o bola de masa guisada muy fina con 18 doblados (18 *zhe* 折) para cerrar la masa por encima. Frecuentemente se hacen al vapor en cestas de bambú y así se recoge la fragancia de esta planta y se toman remojándolas con vinagre y tiras de jengibre. Al comer estas empanadillas hay que tener mucho cuidado para no quemarse la lengua porque se sirven muy calientes como todas las comidas taiwanesas y al morderlas, salta su caldo hirviente.

Otra comida importante en la vida taiwanesa son los tallarines con caldo de carne de ternera (*niúròumiàn* 牛肉麵). Ya es una costumbre celebrar competiciones

Empanadillas al vapor (*xiǎolóngbāo*, "cesta de pequeños panecillos"

Tallarines con caldo de carne de ternera (*niúròumiàn*)

de esta comida anualmente en Taipéi y todos los cocineros, sean de Taiwán o extranjeros, usan sus mejores recetas para conseguir el premio y ganarse al público. El caldo suele ser de sabor más fuerte con tomate y salsa de soja y otros secretos de cada chef. La carne de ternera está cortada en rodajas o en cubitos pequeños y se acompaña con verdura encurtida para enriquecer el sabor del caldo.

Los mercadillos nocturnos en Taiwán

Los mercadillos nocturnos son representativos turísticos en Taiwán, muchos extranjeros llegan a esta isla y tienen ganas de experimentar el ambiente de este tipo de mercadillos. Tomamos el ejemplo del mercadillo nocturno Shè lín (*Shì lín yè shì* 士林夜市) que es uno curioso, por la madrugada es un mercadillo para vender verduras, frutas, mariscos y carne. Hay un edificio con puestos registrados con números, pero fuera de esta zona, las calles cercanas están llenas de puestos para vender alimentos. No sólo las familias sino también los cocineros o encargados de restaurantes acuden a este mercado de madrugada para comprar ingredientes más frescos que llegan normalmente directamente de granja o frutería y los precios suelen ser más económicos que los mercadillos del barrio. La escena cambia totalmente por la noche, y a partir de las tres y media de la tarde, más o menos, empiezan a abrir las otras tiendas de las calles alrededores del mercadillo nocturno Shè lín. Estas tiendas suelen ser de cosméticas, ropa, zapatos, gorros, mochilas, etc. que son tiendas para jóvenes o estudiantes. Y donde estaban los puestos de verduras o frutas están ahora los de comida típica taiwanesa que se puede comer en el momento. Estos puestos de comida tienen un horario especial que abren por la tarde y cierran en la madrugada o medianoche.

La cultura de "pasear los mercadillos nocturnos" en Taiwán no sólo es cuestión de llenar la barriga, sino es una forma de pasar el tiempo porque se puede encontrar puestos de juegos como dardos de balón, lanzamiento de anillas de madera para ganar premios, juegos que sólo se encuentra en ferias occidentales. Aquí en Taiwán, todas las noches pueden ser ferias o fiestas, sin ser fines de semana. El ambiente de

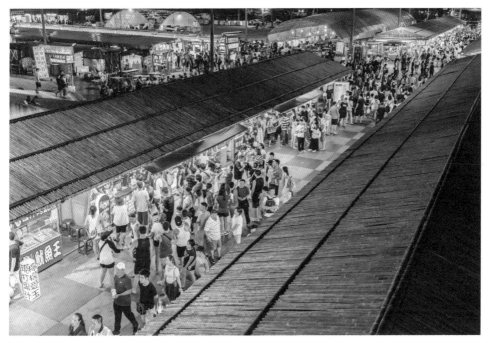

Mercadillo nocturno

los mercadillos nocturnos es dinámico, activo, entretenido, interesante, ruidoso y alegre. Aunque están llenos de gente y para recorrer una calle se tarda como media hora andando, a los taiwaneses les gusta comprar comida en los puestos y pasear a la vez para mirar cosas curiosas de los puestos. En Occidente no es normal comer mientras se anda, pero en esta isla, especialmente en los mercadillos nocturnos, es normal comprar alguna comida para picar y pasear con amigos o familias para entretenerse. Se ve también frecuente que algunos puestos más grandes con mesas y sillas simples para que los clientes puedan comer y disfrutar las delicias sin estar de pie, es una experiencia novedosa de comer al aire libre y ver cómo hacen la comida en el momento después de haberla pedido, como si tuviera un chef profesional con servicio personal. Para ir a los mercadillos nocturnos taiwaneses, no hace falta vestirse formal, al contrario, es recomendable ponerte algo cómodo e incluso puedes llevar chanclas o chancletas, camisetas con mangas cortas y pantalones cortos como las personas locales para poder disfrutar de esta cultura única.

En Taiwán los mercadillos nocturnos pueden dividirse en cuatro tipos: los turísticos, los que están en edificios, los de las calles de tiendas y los transitorios o los de fechas específicas. Vemos, en primer lugar, los mercadillos nocturnos turísticos. Son aquellos que están localizados en una zona turística, planificada y desarrollada por el gobierno y combinan con la característica local. En segundo lugar, los mercadillos nocturnos en edificios, como muestra su nombre, son aquellos que están dentro de un edificio grande como los almacenes comerciales y están cubiertos, no como otros que son al aire libre. En tercer lugar, los mercadillos nocturnos de las calles de tiendas, que son aquellos puestos que están al lado de las tiendas. Muchas calles taiwanesas comerciales atraen puestos de mercadillos por la enorme corriente de personas que pasan por allí y forman así sus propios círculos comerciales para hacer negocio. En cuarto lugar, los mercadillos nocturnos transitorios o los de fechas específicas suelen aparecer en las afueras de ciudad, o en los campos o en espacio sin usar. A veces durante los días laborales son aparcamientos al aire libre y sólo en fechas específicas como todos los miércoles o viernes vienen los puestos y se convierten así un mercadillo nocturno. Se abren por la tarde y a medianoche se retira todo. Este tipo de mercadillos tiene más facilidad y movimiento ágil para entrar en los pueblos o barrios en toda la isla y suelen también ser lugares para hacer demostraciones de productos locales.

En los mercadillos nocturnos se puede encontrar muchos productos y actividades. La mayoría de los turistas pensaban que en los mercadillos sólo hay puestos de comida para picar o cenar, sin embargo, se ofrecen productos como ropa, zapatos, libros, utensilios artesanales o de hierro, y lo más curioso para los niños son los puestos de juegos. Observamos que los puestos de juegos pueden ser para niños, pero a muchos adultos taiwaneses también les gustan. Por ejemplo, los de juegos de dardos, tiro de arco, tiro de pistolas de juguete, lanzamiento de arcos de madera, bingo, el juego tradicional chino *máchiàng*, videojuegos, pescar peces con instrumentos especiales de papel, pinball o petacos, máquina de muñequitos, etc. A los pequeños les fascinan todos estos juegos y siempre son indecisos para elegir a qué juegan. Los juegos de pescar peces, por conciencia de proteger a los animales, cada vez se ven menos y los puestos han intentado poner una máquina de peces de plástico para que los peques puedan disfrutar del juego sin hacer daño a los animales.

Antiguamente, había más exposiciones de productos locales o folklóricos y los vendedores eran buenos convencedores y hablaban de los beneficios de sus productos para ganar la confianza de los clientes. En los tiempos antiguos, también había escenas de mostrar el arte marcial chino como un espectáculo y el público podía ofrecer a los maestros dinero como ganancia de su actuación. Poco a poco, con el tiempo quedan menos de este tipo de puestos y se ve más los puestos de comida y productos de uso diario.

En los mercadillos nocturnos, se puede comprar con precios bajos y con mucha variedad. Como es sabido, los estudiantes taiwaneses van mucho a los mercadillos porque es fácil llegar a ellos, accesibles y con precios económicos. Allí se vende toda clase de comida, accesorios y ropa. Los jóvenes suelen quedar en estos sitios para poder pasar un buen rato con amigos y comprar las cosas necesarias.

Por otra parte, vemos que la mayoría de los taiwaneses tienen la costumbre de "tomar otra comida antes de acostarse" que se le denomida *xiāo yè* (消夜) en chino mandarín. Antiguamente, la expresión de *xiāo yè* (消夜) significaba "picar algo por medianoche" (*shēn xiāo xiǎo chī* 深宵小吃) y fua usada en la poesía de Fāng Gàn (方幹) de la Dinastía Táng (唐). En chino mandarín hay varias formas de caracteres chinos de expresar este tipo de comida, tales como *xiāo yè* (宵夜) o *yè xiāo* (夜宵) ya que en algunas zonas chinas se tomaba un tipo de comida que se llama *yuán xiāo* (元宵) que son bolitas de arroz glutinoso rellenas de crema de sésamo o de cacahuetes o también pueden ser salados con carne picada. Hoy en día, en Taiwán se cena normalmente a las seis, y esta comida antes de acostarse se puede tomar a partir de las once de la noche hasta las cinco de la madrugada dependiendo del horario de trabajo de cada uno o de su apetito. Las opciones de este tipo de comida son varias, como por ejemplo, a algunos les gusta tomar algo dulce como sopa dulce de soja roja (紅豆湯), mientras que a otros les fascina comer algo salado como platos salteados de olla china que se puede conseguir en los mercadillos nocturnos taiwaneses o cosas para picar como tortilla de ostras (*ézǐjiān* 蚵仔煎), filete de pechuga de pollo frito (*zhàjīpái* 炸雞排), rollitos de salchicha y arroz glutinoso (*dàchángbāo xiǎochaáng* 大腸包小腸) o tofu maloliente (*chòudòufǔ* 臭豆腐). Casi todos los mercadillos nocturnos en Taiwán venden las comidas mencionadas y por supuesto, cada sitio tiene su plato famoso para atraer a los turistas y a los clientes. Si preguntas a tus amigos taiwaneses que cuál es su comida favorita para tomar en estos mercadillos, las respuestas son múltiples sin duda. Y otro fenómeno curioso en esta isla es que al tomar esta comida antes de acostarse, es frecuente acompañarla con una bebida típica de Taiwán como el té de leche con perlas de tapioca o zumo de frutas tropicales con leche como el batido de papaya o piña. A veces si uno todavía está con hambre, se puede tomar un helado taiwanés (*bàobīng* 刨冰) que está hecho con una base de hielo raspado y con jarabe y trozos de frutas como mango o fresa como postre. En general, los mercados nocturnos taiwaneses están en los sitios con metro o autobús para que los jóvenes o estudiantes puedan ir fácilmente sin complicación. Estos sitios son otra oportunidad de tomar alimentos sin ir a los caros restaurantes con precios asequibles para ellos. La comida es fresca y rápida y con el ambiente relajado sin presión de preocuparse por los precios y forma de vestirse. Lo único es que el clima es húmedo

Filete de pechuga de pollo frito (*zhàjīpái*)

y caluroso en verano, y hay que tener en cuenta que las calles de los mercadillos nocturnos casi siempre están llenas de gente y podrías estar apretado como sardinas en lata. No obstante, merece la pena visitarlos de vez en cuanto para comer, pasear y divertirse con los amigos.

La olla caliente o el "hot pot" (*huǒguō* 火鍋) de Taiwán

A los taiwaneses les encanta tomar la olla caliente o el "hot pot" (*huǒguō* 火 鍋) como una opción fácil para su alimentación. La denominación "hot pot" en chino significa literalmente "olla o pote al fuego", y tiene varios nombres como el caldero chino o la *fondue* china, *dǎbiānlú*

Los ingredientes de la olla caliente

(打邊爐 , que significa golpear en el lado de la olla), etc. Como se explica en su denominación, es una forma de hacer la comida con fuego y poner una olla encima con caldo o simplemente agua hervida para cocinar. Su origen está en la antigua cultura china en que se cocinaban los ingredientes y se iban comiendo al mismo tiempo. Además, como la olla tiene la función que mantener siempre vivo el calor, pues al comer se notan los alimentos calientes como les gustan a los taiwaneses. Es un método muy común de cocinar en toda Asia y cada país tiene diferentes ingredientes, salsas, caldo o incluso la pequeña forma de cocinar.

Desde la Dinastía Shāng (商 , 1766 a. C.-1122 a. C.) y la Dinastía Zhōu (周 , 1122 a. C.-249 a. C.) que fueron la segunda y la tercera dinastías chinas en la historia tradicional, ya existía una forma parecida para comer. En aquel tiempo, se utilizaba un recipiente que se llamaba *dǐng* (鼎) que es una vasija antigua con tres pies y solía ser de bronce. Según la historia china, después de la ceremonia de sacrificio, se solía poner la ternera o cordero y otros ingredientes dentro de este recipiente, y se calentaba a fuego lento para cocinar toda la comida, que luego se repartía. Es como el prototipo de la olla caliente hoy en día de la cultura taiwanesa. En la Dinastía Qín (秦 , 221 a. C.-206 a. C.) y la Dinastía Hàn (漢 , 206 a. C.-220 d. C.) había una forma parecida como el plato olla caliente, que era poner el pollo o cerdo a pasar por agua hervida y esta forma específica se llamaba *zhuó* (濯), que significa como "lavar". Durante el periodo de los Tres Reinos (*sānguó* 三國 , 220-280) el emperador Cáopī (曹丕) dividió la olla de bronce en cinco porciones para poder cocer ingredientes separados, de forma similar a la "olla gemela" (*yuānyāngguō* 鴛鴦鍋). En la Dinastía Sòng (宋 , 960-1279) también había la

"Olla gemela" (*yuānyāngguō*)

forma de tomar la olla caliente con carne de conejo, se condimentaba primero la carne con salsa de soja, alcohol y pimienta de *sì chuān* (川 椒 , llamada también *huājiāo* 花 椒), y se pasaba la carne en filetes finos por el caldo hervido y se comía con salsa. En la Dinastía Yuán (元 , 1271-1368) hubo la tendencia de tomar la olla caliente, especialmente con cordero, y se llamaba "*shēngcuànyáng*" (生 爨 羊 , cocinar el cordero crudo). El emperador Qián Lóng (乾 隆 , 1711-1799) de la Dinastía Qīng, una vez invitó a los familiares reales a un banquete de 530 mesas para comer olla caliente en su palacio porque este plato ya no sólo tenía fama en el pueblo sino también coincidía con el gusto del emperador.

En una definición amplia, en teoría se puede dividir la olla caliente en tres tipos generales. Primero, la olla caliente sin ingredientes al principio y sólo con caldo. Este tipo de olla caliente contiene dos tipos de caldos, el caldo ligero y otro más espeso. La olla caliente con el caldo ligero es menos salada, y la salsa juega un papel importante. De este tipo de platos son los más represnentativos el *dǎbiānlú* (打邊爐) y el *shuànyángròu* (涮羊肉, pasar rápidamente o mojar el cordero en la olla caliente). Mientras que con el caldo espeso, se le da sabor fuerte a los ingredientes como en la olla picante (*málàguō* 麻辣鍋). Segundo, la olla caliente también puede prepararse con los ingredientes principales dentro de la olla, como la olla de cabeza de pescado (*yútóuhuǒguō* 魚頭火鍋), la olla de pato y jengibre (*jiāngmǔyā* 薑母鴨), o la olla de cordero (*yángròulú* 羊肉爐) y en este caso la misma olla sirve para mantener la temperatura del plato o para cocinar verduras o ingredientes complementarios. Tercero, la olla caliente con todos los ingredientes cocidos dentro ya, pero el fuego sólo tiene la función de mantener el calor, como por ejemplo, el pollo con licor de arroz (*shāojiǔjī* 燒酒雞), aunque depediendo del gusto de cada uno, si se quiere añadir otros ingredientes al comer, también es aceptable.

Presentamos algunos tipos más conocidos de olla caliente en Taiwán. Tenemos la mini olla caliente (*mínǐxiǎo huǒguō* 迷你小火鍋) que se ve en muchas calles taiwanesas porque es un tipo de plato que puede consumir una persona sola, además es cómodo y rápido. Normalmente, se elige el sabor del caldo (*tāngdǐ* 湯底, la base del caldo) que puede ser de verdura, de algas de mar, de pescado, de huesos de pollo, cerdo o ternera, picante, etc. A continuación, hay que seleccionar el ingrediente principal, que suele ser ternera, cerdo, pollo, pescado, mariscos, o una combinación de todo para los comensales con mucha hambre o para los indecisos, etc. Cada menú de este tipo de olla caliente, suele acompañarse con otros ingredientes de verduras, arroz o fideos para equilibrar la nutrición. Generalmente, se toma con una salsa especial que se llama salsa *shāchá* (*shāchájiàng* 沙茶醬)

Shabu-shabu al estilo taiwanés (*táishì shuànshuàn guō*)

que es un sofrito de salsa de soja, ajo, cebolleta, pescado seco (suele ser el rémol), gambas secas y a veces con guindilla. Es salado y sabroso y se toma mojando la comida hervida de la olla caliente. Es curioso que en Taiwán se toma este tipo de plato no sólo en invierno sino también en verano. Mucha gente lo considera un plato sano y como se puede elegir el caldo y los ingredientes principales, pues complace el gusto de todos. Por eso, hay tantos restaurantes de olla caliente en esta isla.

También hay un tipo de plato que se llama "olla caliente de piedras al estilo taiwanés" (*táushìshítou huǒguō* 臺式石頭火鍋). Es un plato típico de aquí y los camareros ofrecen una olla pesada hecha de piedra en la mesa con fuego, añaden aceite para freír primero la cebolla, cebolleta, ajo a fuego fuerte, ponen carne ya medio hecha, y sacan todo aparte para después. A continuación, fríen repollo o algunas verduras para dar el "sabor dulce" (*tiánwèi* 甜 味) y aplican salsa especial con caldo preparado para terminar la preparación de este tipo de plato.

Después según lo que ha pedido cada uno de su plato principal y los ingredientes complementarios, los clientes pueden echarlos dentro del caldo hervido y ya pueden empezar a degustar. La característica de este tipo de olla caliente es que tiene el sabor particular de haber sofrito a fuego fuerte las cebolletas, ajo y pescado seco. Y por eso tiene un toque único para los seguidores enganchados a este plato.

Otra olla caliente famosa es el *Shabu-shabu* al estilo taiwanés (*táishì shuànshuàn guō* 臺式涮涮鍋) y que su origen es de Japón, pero modificado en la isla, se ha convertido en una de las ollas calientes más exitosas en Taiwán. Es muy parecido a la mini olla caliente (*mínǐxiǎo huǒguō* 迷你小火鍋), y su característica es cocinar todos los ingredientes crudos en la olla y comerlos nada más estar cocidos. La olla caliente de este tipo permite a los clientes manejar el proceso del tiempo de cocción porque cada uno tiene su gusto de cocinar los ingredientes, y tomarlos menos hechos, hechos, o muy hechos.

La olla picante taiwanesa (*táishì málàguō* 臺式麻辣鍋) también es popular. Es un plato original de Sìchuān (四川, una provincia del sureste de China) y los taiwaneses lo transforman con toques distintos. Hay una expresión exagerada que dice que de cada seis restaurantes en Sìchuān, cinco son restaurantes de olla picante. La base del caldo frecuentemente es de huesos de animales como pollo o cerdo, y se añade guindilla, pimienta *sìchuān* (川椒, o *huājiāo* 花椒), y otras especias con receta secreta de cada restaurante. Además, es muy típico tomar la olla caliente con ingredientes básicos como *dòufǔ* (豆腐, tofu), *yāxiě* (鴨血, cuajada de sangre de pato), *yóutiáo* (油條, churros o porras taiwanesas), *féicháng* (肥腸, intestinos de cerdo), y en muchos restaurantes el *dòufǔ* y *yāxiě* se puede repetir gratis, pero hay que avisarlo antes.

Otro tipo de olla caliente que estaba muy de moda en los tiempos antiguos en Taiwán es la olla caliente de dos formas *(huǒkǎoliǎngchī huǒguō* 火烤兩吃火鍋) que contiene la forma hervida y la barbacoa. Tiene un aparato de hacer la barbacoa o poner los ingredientes a la plancha y en el centro hay una olla pequeña para cocer otros ingredientes. Es un modo de combinación para satisfacer a los clientes con dos formas de cocinar. Suele servirse en restaurantes de modo autoservicio y en los frigoríficos se puede seleccionar verdura, carne, marisco, etc. Es una memoria de la infancia de muchos taiwaneses porque cada vez hay menos restaurantes que ofrecen este tipo de olla caliente, especialmente en la capital.

La olla caliente de col china fermentada con cerdo (*suāncài báiròu guō* 酸菜白肉鍋) también es una de las más representativas ollas calientes en Taiwán. A diferencia de la col china fermentada a la coreana (*hánshì pàocài* 韓式泡菜), que es picante y de color rojo o anaranjada, la col china fermentada es un tipo de verdura encurtida con mucho vinagre y por eso adquiere un sabor ácido. Para los clientes es de un ácido sabroso y peculiar, además se suele pedir carne de cerdo con parte de grasa, que puede ser la panceta, cortada en filete muy fino para acompañar esta olla caliente. Todavía quedan muchos tipos de olla caliente con sabor particular que presentar, ¿se atrevería a probarlos?

La apreciación del té

El té es una bebida casi de consumo diario para la mayoría de los taiwaneses. Podemos observar que hay cantidades de tiendas de té y suelen ofrecer a los clientes el té a su gusto. A los españoles o americanos les encanta el café, mientras que a los taiwaneses, les fascina el té y muchas veces lo toman con diferentes ingredientes para enriquecer el sabor, aunque a la mayoría le gusta el té solo sea del tipo que sea. La apreciación del té no sólo es una cultura taiwanesa, sino de China continental y de Inglaterra, aunque cada sitio tiene su forma de tomarlo. Pero Taiwán como tiene el mismo origen de la cultura china, ha adquirido una forma similar de tomar el té. Algunos dicen que el té es la segunda bebida más consumida detrás del agua, y podemos considerar este argumento para describir Taiwán porque desde los jóvenes hasta los ancianos toman té como una costumbre diaria. Las funciones del té son múltiples, por ejemplo, puede tranquilizar la mente cuando se está preocupado por algo; aclarar el pensamiento e inspirar ideas con su aroma; encontrar el equilibrio de uno mismo para el camino hacia la felicidad; purificar el espíritu y encontrar la orientación del alma; encentrarse en el trabajo o estudio y aumentar la eficacia productiva, etc. Tomar té puede ser un rito fijo hasta constituir un arte-y valorarlo mejor. El té no es sólo es una sustancia imprescindible para muchos taiwaneses, sino que es una forma de vida en esta isla.

Sabemos que el té es como una infusión con teína y cafeína, y se hace con las hojas o brotes de la planta de diferentes tipos de té. La forma más común de preparar esta bebida es con agua caliente y dependiendo de la variedad de té, se modifica la duración del tiempo de dejar las hojas o brotes del té dentro del agua. Normalmente, las hojas del té suelen ser secas para tener el sabor concentrado y para poder conservarlas mejor y tomarlas cuando quiera uno sin preocuparse por la caducidad. Aunque cada tipo tiene su fecha límite para conseguir el mejor sabor, generalmente, si se cuida bien la humedad, las hojas secas del té se puede preservar por mucho tiempo.

Desde hace siglos los chinos empezaron a tomar el té y especialmente un

Zonas de cultivo de té en Taiwán

Utensilios para degustar el té

autor que se llamaba Lù Yǔ (陸 羽) de la Dinastía Táng (唐) destacó en su famosa obra *Chá jīng* (茶 經 el libro clásico del té) el cultivo, recogida, producción, clasificación, preparación, utensilios, etc. con todo detalle. Fue el primer libro específico que se dedicó a esta cultura. Esta obra sobre el té se divide en tres volúmenes y diez capítulos y es una colección completa del conocimiento del té. Su influencia promovió la costumbre de tomar té y estableció esta auténtica cultura oriental china. El autor, Lù Yǔ (陸羽), como poeta de la sabiduría del té, obtuvo el título de "dios del té" (*cháshén* 茶神) o el "inmortal del té" (*cháxiān* 茶仙) y las generaciones posteriores le dieron el nombre de "Santo del té" (*cháshèng* 茶 聖).

La ceremonia de tomar el té se ha implantado en la vida de los chinos y hasta ha influido en toda su pintura, caligrafía, religión, medicina, literatura y poesía, etc. La cultura del té se presenta, por un lado, en el aspecto ceremonial; por otro, en el aspecto espiritual, y se considera como un estudio profesional.

El sabor del té proviene de las hojas o brotes del árbol del té, por lo tanto, la calidad de las hojas del té es la parte primordial. Frecuentemente, se recoge el capullo y las dos primeras hojas de las ramitas del árbol que son más frescas y tiernas, además dan un sabor aromático y su fragancia es diferente a la de las hojas crecidas después. Para como precaución para que no se estropee el té, es normal secarlo u oxidarlo y así se puede almacenar más tiempo. Según el grado de oxidación (*yǎnghuà* 氧 化), el té chino se clasifica en varios tipos generales: el té verde, negro, amarillo y blanco. El té negro en chino mandarín también se denomina como té rojo (*hóngchá* 紅 茶) es un tipo de té que tiene oxidación completa. Y por eso, al sobrepasarlo por agua caliente, se tiñe hasta un color marrón oscuro, y se parece al té occidental. El té amarillo está menos oxidado que el negro. El verde suele ser uno sin oxidación y tiene un sabor más fresco que los anteriores. Y algunos tipos de árboles de té que producen brotes muy tiernos, pueden producir el té blanco y no son oxidados tampoco y su color es como su nombre indica el más blanco de todos. Todavía hay otros tipos de té según diferentes zonas, regiones o países, y en Taiwán, los mayores suelen tomar el té sólo sin azúcar ni leche, mientras que a los jóvenes les gusta más añadir ingredientes dulces y con leche para sentir la distinta textura y abundante contenido como casi un postre.

Tradicionalmente, la preparación del té es como un arte que hay que aprenderlo como parte de la etiqueta social. Es recomendable conocer los utensilios de hacer el té para no tener confusión. Los juegos de té son importantes para los abuelos o padres taiwaneses. El material y el lugar de origen de la fabricación de las teteras o tazas son una importante consideración para los taiwaneses a la hora de comprarlas. Es esencial tener una tetera buena (*cháhú* 茶壺), la cucharita del té (*cháchí* 茶匙), el palito del té (*cházhēn* 茶針) la taza grande del té (*cháhǎi* 茶海), la taza pequeña del té (*chábēi* 茶杯), la taza para apreciar el olor (*wénxiāngbēi* 聞香杯), el recipiente para guardar el té (*cházé* 茶則), el escurridor o colador (*lùwǎng* 濾網), etc. Los profesionales disponen las herramientas en una bandeja especial a mano para poder ofrecer a los invitados. Las formas de preparar el té son diversas, pero una de las más conocidas es la siguiente: Se prepara el agua hervida y se echa dentro y encima de la tetera para calentarla y tener la temperatura similar y el mejor estado de poder hacer el té. Se retira el agua caliente de la tetera y se echa encima de las tazas para calentarlas y limpiarlas un poco. Después para evitar el olor o humedad del té que puede influir en el sabor del té, es aconsejable sacar el té que se quiera desde su botella con la cucharita del té (*cháchí* 茶匙) en el recipiente especial (*cházé* 茶則). Se pone el té de este recipiente en la tetera. La cantidad del té se suele medir con la cucharita y se pone dos veces normalmente, pero también se puede modificar según el gusto de cada uno. Teniendo el té seco en la tetera, se coloca su tapa y se mueve un poco la tetera para sacar la aroma del té antes de sobrepasar con el agua, es el proceso de apreciar la primera fragancia del té (*wénqiánxiāng* 聞前香). Con este paso, se puede evaluar otra vez la calidad del té, y con el movimiento se hace que la sustancia de impureza en la pared de la tetera, al añadir el agua caliente, se pueda eliminar con el agua.

A continuación, se echa el agua caliente y se tapa con un ligero movimiento, y se retira este líquido en la taza grande del té (*cháhǎi* 茶海). Este paso tiene la función de quitar la impureza del té y para que el té seco absorba el agua y que se estiren bien las hojas. Es el proceso de "despertar el té" (*xǐngchá* 醒茶). Con el líquido guardado en la taza grande del té, se limpian otra vez otras tazas de los invitados para que la temperatura y el estado de éstas se acerquen más al té que se va a hacer después. Y algunos taiwaneses "cultivan la tetera" (*yǎnghú* 養壺), es decir, la cuidan con té, pues echan el líquido encima de la tetera. Ahora se prepara otra vez el agua caliente, depende del tipo de té para saber la temperatura del agua y la duración de sobrepaso, se pone otra vez el agua caliente dentro de la tetera, y con el tiempo indicado del profesional, se echa el té líquido en la taza grande del té con el escurridor (*lùwǎng* 濾網) encima. El dueño empieza a poner este té obtenido en las tazas pequeñas del té (*chábēi* 茶杯) de los invitados. Algunos utilizan la taza para apreciar el olor (*wénxiāngbēi* 聞香杯) del té también en este momento para valorar el olor caliente (*rèxiāng* 熱香) del té. Cuando se termina todo, también se echa té en esta taza para sentir el olor frío (*lěngxiāng* 冷香) del té. Dicen que hay diferentes niveles de fragancia. Otro paso curioso de los profesionales, es que a veces para mantener el primer sabor que suele ser el mejor, al echar el té desde la taza grande del té (*cháhǎi* 茶海), se guarda algo para mezclar después con el segundo té, el tercero, etc. Las veces de repetición varían según los tipos del té. Una vez terminado todo, hay que recoger y limpiar los juegos de té inmediatamente y secarlos para que estén en el mejor estado y no dañen la calidad del té. Es conveniente pasar todo también con agua caliente y quitar bien todo el té seco. La preparación de tomar el té es compleja y hay que hacerlo con una actitud serena y respetuosa para demostrar la hospitalidad.

Tomar el té con amigos o familiares es una actividad social en Taiwán y la cultura o arte del té es una tradición y ayuda a mantener las relaciones entre personas. La gente suele charlar, reírse, comunicarse entre sí al tomar el té, y sus beneficios son innumerables, tales como han manifestado los estudios científicos, ya que el té posee antioxidantes, reduce el riesgo de padecer enfermedades cardiovasculares, es como un diurético natural, protege al sistema inmunológico, y lo mejor es que no tiene calorías. Para los que no les guste el agua sola, el té puede ser una opción alternativa para hidratar suficientemente el cuerpo.

Té con leche y bolitas de tapioca (*zhēnzhū nǎichá*)

Parte 5

第 5 單元

Ocio y arte
休閒娛樂

休閒娛樂

本單元將介紹臺灣人從事的休閒娛樂活動，例如：布袋戲、麻將、國樂、動漫文化、兵乓球和國畫，相信可以讓西語人士對於臺灣社會有更多的認識。

觀看布袋戲是深受臺灣社會喜愛的休閒，目前甚至發展出具備五光十色、刺激精彩的霹靂布袋戲，聲光效果極佳，擁有廣大的收看群眾。

打麻將是華人社會的桌上運動，據說可以活化腦部，也能增進情感。這個遊戲的規則依照各地區有些許差異，但玩法大致相同，也是最能代表臺灣現代社會的國民休閒娛樂。

音樂一向最能感動人心，本單元透過對國樂的解說，可以探索不同於西方國家的樂器組成，以及音樂發展歷史。

至於動漫文化，可以讓讀者了解臺灣深受日本文化影響下，發展出異於西方文化，且專屬於東方世界的文化特色。

打乒乓球是臺灣非常重視的體育活動，也是老少咸宜的球拍運動，本單元將透過簡單的介紹，讓讀者藉著這個熱門的運動，更加了解臺灣體壇。

最後，國畫則是藉由繪畫角度，讓人得以更貼近中文世界，感受東方歷史的變革、見證繪畫藝術的趨向和脈絡。

Ocio y arte

Teatro de títeres (*bù dài sì* 布袋戲) en Taiwán

Hasta hace muy poco tiempo casi todos los taiwaneses han conocido la serie (*pīlì* 霹靂) de teatro de títeres en idioma taiwanés. Es una serie con luces de la tecnología nueva (como láser), humo, decoraciones llamativas de escena, técnica de producción, etc., para atraer a los espectadores. En 1995, la serie incluso fundó un canal de televisión específico de títeres de ópera de Taiwán y su extensión de popularidad llegó hasta un 99% con tres millones quinientos mil televidentes. Es famosa por su especialidad en posproducción de la serie. Los títeres de ópera taiwaneses también se puede denominar como *zhǎngzhōxì* (掌中 戲 ópera de muñecos de mano), *lóngdǐxì* (籠底戲 ópera de títeres de bolsa de tela) o *bùdàimùǒuxì* (布袋木偶戲 ópera de muñecos de madera con vestidos de tela) que son un tipo de teatro con muñecos hechos con madera, vacíos por dentro, y sobresalen la cabeza, las manos y los pies al actuar, y que se manejan con los dedos de la mano para hacer los movimientos. Su origen procede de la provincia Fújiàn (福建) de China, en el siglo XVII, y en aquel tiempo también era llamado como

Teatro de títeres (*bù dài sì*)

Ópera de muñecos de madera con vestidos de tela (*bùdàimùǒuxì*), fotografía de Ho Yueh Tung (攝影者：何玥彤)

el "teatro del dedo gordo" (*dàmǔzhǐxì* 大拇指戲). Este tipo de ópera es un arte manejado con las manos, y los muñecos están tallados por maestros tradicionales y tienen la cabeza vacía por dentro, y el cuerpo suele ser con trajes tradicionales chinos hechos con tela y bordados. Sobre el nombre de *bùdài mùǒuxì* (布袋木偶戲) hay dos explicaciones: por un lado, el gran saco de guardar los instrumentos de esta ópera también podía servir como para ocultar el cuerpo de los titiriteros que estaban manejando los muñecos; y por otro, antiguamente el traje de tela de los muñecos era más cuadrado y se parecía más a un saco.

Normalmente los muñecos miden unos treinta centímetros, los titiriteros suelen manejarlos con una mano, y meten el dedo índice en la cabeza del muñeco, el dedo gordo en una mano de éste, el resto de los dedos se colocan en otra mano del muñeco, y pueden utilizar su palma y los cinco dedos para controlar la cabeza, cuerpo y manos del títere. Esta ópera de mano conserva el idioma tradicional con la estructura social y provee un buen ambiente para apreciar y seguir la cultura con generaciones. Veamos la historia de ella, desde el año 1750, en que muchos inmigrantes de China llegaron a Taiwán con este arte de títeres de ópera. En aquel momento, el guion era sobre historias o leyendas clásicas de los libros chinos, por eso, también fue denominada como ópera de libros antiguos o clásicos (*gǔ cè xì* 古冊戲). El lenguaje que usaba era más poético y literal, el movimiento es más detallista y la música tenía dos tipos como la del norte (*běi guǎn* 北管) y la del sur (*nán guǎn* 南管). La primera llegó más tarde a Taiwán y era un tipo de música con instrumentos de percusión y era más excitante; mientras que la segunda, es decir, la música del sur usa más los instrumentos de cuerda del estilo tradicional chino, como el laúd chino (*pí pa* 琵琶). La música del sur era más discreta y melodiosa y fue usada más en el principio del desarrollo de los títeres de ópera taiwanesa. Durante los años veinte, esta ópera empezó a estar de moda como una cultura folklórica y el contenido del guion cambió un poco y tendía a tratar sobre leyendas o novelas de personajes de artes marciales (*wǔxiá xiǎoshuō* 武俠小說). Se trataba de mostrar la habilidad de usar la espada china (*jiàn* 劍) y demostrar el *gōng fū* (功

夫) como se decía en su nombre "*jiánxiá bùdàixì*" (劍俠布袋戲) que era la ópera de títeres de personajes que utilizan espada china. En la época de la colonización japonesa, los títeres de ópera taiwanesa sólo estaban permitidos en festivales importantes. Además, con el movimiento del imperialismo japonés, se establecieron varias reglas estrictas de los títeres de ópera en Taiwán, como no poder hablar ni en chino mandarín ni en taiwanés, y eso produjo que casi todos los tipos de teatro u ópera terminaron cerrándose. Sin embargo, algunos buscaban soluciones para poder actuar de nuevo añadiendo elementos de la cultura japonesa, por ejemplo, se hablaba japonés, las muñecos llevaban vestidos japoneses, la música tendía a ser del estilo occidental, el guion tenía que ser revisado por la autoridad japonesa, los temas eran como historias sobre samurais y sólo esta misma autoridad podía organizar la actuación. En cuanto al lugar de esta ópera, antes había dos tipos de presentación, la escena de ópera al aire libre (*wàitáixì* 外台戲) o la interior (*nèitáixì* 內台戲). La primera tenía lugar en las fiestas locales para agradecer a los dioses y era al aire libre su presentación. Y la segunda era en el interior, o sea, dentro de una sala y muchas veces con la obligación de pagar las entradas. En los años cuarenta, como había actividades del pueblo taiwanés para protestar al gobierno, las reuniones públicas estaban prohibidas y las escenas interiores de la ópera estaban bajo vigilancia. En los años, aprovechaba el teatro u ópera con guiones anticomunistas o protestas a Rusia para promover estas ideas en el pueblo. Durante los años sesenta y setenta, la situación política en la isla fue más tranquila y estable, y los títeres de ópera taiwanesa tuvieron la oportunidad de hacer programas en televisión. Al principio, el gobierno quería que actuaran con el chino mandarín, pero no tenía mucho éxito porque este tipo de ópera con títeres contenía un montón de frases hechas y expresiones en taiwanés, y no se expresaba bien en otro idioma. Poco a poco algunos intentaban hacer estos títeres de ópera con alternativas como efectos especiales en luces, música y escenas, y se desarrolló la famosa "luces de oro de títeres de ópera" (金光布袋戲) por su magnífica y lujosa decoración de escena, trajes luminosos con detalles, nuevo sistema tecnológico en luces y argumentos vibrantes e interesantes. Esta nueva tendencia de presentar las óperas de títeres era una innovación en audio y luminosidad, y se hablaba en taiwanés para crear en la audiencia el cariño y afecto. La agregación de las canciones de moda en chino mandarín, japonés e inglés también triunfó en aquel período. El desarrollo de este tipo de títeres taiwanés tenía su espacio con su particular crecimiento y evolución. Todo el mundo dejaba el trabajo y veía este tipo de programa a mediodía. Las historias de esta ópera se basan en la ópera clásica y derivaban de la sociedad, economía, política, etc. de aquella etapa. Como era uno de los pocos ratos de ocio de aquel momento, también era una forma para desahogar emociones o sentimientos hacia la situación social y política. Durante el período de los títeres de ópera en televisión, se fomentó mucho la aparición personajes famosos de títeres en Taiwán. Sus costumbres, personalidad, forma de hablar, etc., incluso tenían una gran influencia en la sociedad taiwanesa. No obstante, en 1974, el gobierno taiwanés prohibió los títeres de ópera en taiwanés con la razón de "perjudicar el horario laboral" y "educación infantil". Algunos opinaban que era una acción de impulsar el movimiento de que el pueblo hablara en chino mandarín, o también porque la ópera de títeres en aquel tiempo mezclaba muchos chistes, argot, o muletillas locales, y todo eso estaba en contra de la política de apoyo del idioma oficial del estado. Aunque había algunas óperas de títeres en chino mandarín, nunca obtuvo éxito y se cancelaron. Con la aparición de los títeres de ópera en la tele, las escenas interiores con entradas cada vez fueron menos. En 1982, con la petición de los seguidores y necesidad comercial, los títeres de ópera por fin volvieron a actuar otra vez. Al principio estaba de moda en los tres canales de televisión de aquel tiempo, pero no duró mucho. Con el declive de este arte, algunos titiriteros empezaron a grabar en vídeo para poder hacer promoción. Y la forma de esta ópera cambió totalmente, ya que los aficionados sólo podían verla alquilando la cinta. Durante los años noventa, ya no se hacían representaciones interiores de esta ópera, y las que quedaban al aire libre cada vez eran menos. Esta vez con la ayuda del gobierno para conservar el idioma y la cultura de la isla, los titiriteros profesionales intentaron hacer unas transformaciones con diferentes efectos en la escena, luces de láser, técnica de corte en producción, nuevo guion, hasta algunos muñecos gigantes en ocasiones especiales, y apareció la nueva sensación de la gloriosa serie "*pī lì*" (霹靂) de los títeres de ópera. Hoy en día, hay series de títeres de ópera en VCD, DVD y hasta tener su propia película de cine con la combinación de arte tradicional y de animación 3D en 1997 que fue la mejor película local en Taiwán y hasta se exportó al extranjero.

Como estos títeres se pueden controlar con una sola mano, un titiritero tradicional puede manejar dos títeres al mismo tiempo y hacer conversaciones y acciones marciales como pelear entre sí, correr, saltar. Y una técnica famosa es "tirar y coger" (*pāo jiē* 拋接) el muñeco, que es lanzarlo al caire, como si fuera el propio salto del muñeco y éste vuela por el escenario y cae después justo en la mano de titiritero. Es un arte de mano tradicional que actualmente se aprecia mucho no sólo por los taiwaneses sino por los hablantes chinos en el extranjero. A muchos extranjeros les encanta ver las series de estos títeres por sus emocionantes argumentos. Las historias de este tipo de ópera se centran más en el mundo tradicional chino y con competiciones, venganzas, amores, etc., que aumenta el interés del público. Cada titiritero también posee su personalidad y refleja en su actuación de títeres el acento, tono de hablar o cantar, expresiones y movimientos, y todo eso crea una pasión entre los taiwaneses hacia este arte tradicional. Por otra parte, la admiración hacia los personajes de los títeres de ópera taiwanesa se nota en la misma cultura. El diseño del guion, se adapta a la situación de la sociedad de cada época, y se ve que las palabras o caracteres están influyendo en la vida de muchos taiwaneses. Aunque algunos consideran que los títeres de ópera en Taiwán están pasados de moda, no se puede negar su encanto y atracción. Los maestros profesionales maestros cada día se hacen más mayores y necesitan la participación de las generaciones jóvenes. Todavía nos queda mucho por hacer para conservar este arte tradicional y precioso porque es parte de la historia y cultura. La promoción entre los apasionados y el gobierno es necesaria para impulsar su progresión y es misión de todo el mundo. Así que usted puede empezar a ver algún capítulo de las series de los títeres de ópera en Taiwán para sentir su magia y seguro que le encantará y le seducirá.

El juego de mesa *májiàng* (麻將) taiwanés

Este juego de mesa *májiàng* (麻將) recibe otra denominación como *máquè* (麻雀) que significa el pájaro "gorrión" y es un juego famoso en todo el mundo, no sólo entre los taiwaneses sino también muchos asiáticos y occidentales participan en este tipo de juego para pasar el tiempo o mantener las relaciones familiares y sociales. Cada país asiático tiene su forma especial de jugar este juego y hasta tiene pequeños cambios en sus números o dibujos de las fichas. Los fines de semana o especialmente durante las vacaciones del Año Nuevo Chino, los amigos y familiares en Taiwán quedan a jugar el *májiàng* como un entretenimiento y pueden jugar horas y horas, hasta días sin parar, porque están muy enganchados. La mayoría de los jugadores de este juego lo hace con apuesta de dinero y la cantidad depende de

Juego májiàng

los acuerdos que han hecho antes de participar. Hay ciertos sitios clandestinos en esta isla en que se juega el *májiàng* para apostar con dinero y los jugadores están locos por este juego y pueden perder mucho dinero y causar problemas de salud y familiares. Así que es recomendable hacer este juego como un pasatiempo y no como un vicio diario por exceso.

Su historia tiene varias versiones y no son muy claras porque no hay muchos documentos escritos sobre este tema, pero citaremos algunas para tener algún conocimiento. Algunos dicen que el *májiàng* proviene de un antiguo oráculo que utilizaban los adivinos antiguos chinos. Estos astrónomos intentaron estudiar y marcar las situaciones entre los planetas, el Sol y la Luna con un sistema espacial y en un tablero para anotar los emplazamientos o sitios de estos cuerpos celestes y con las calculaciones y observaciones de ellos, llegaron a obtener el número de las trece fichas que son los meses del calendario lunar en China. Otra versión de su origen tiene la relación con el famoso Confucio porque dicen que el *májiàng* es un invento de él alrededor de su época. Y como Confucio es un amante de los pájaros, puso el nombre "gorrión" en chino para este juego de mesa. Además, las tres fichas, el "rojo zhōng" (*hóngzhōng* 紅中 que significa el centro rojo por su significado y el color de la ficha), el "verde fā" (*qīngfā* 青發 que significa la prosperidad verde por su significado y el color de la ficha) y el "blanco bǎn" (*báibǎn* 白板 que signifca tabla o ficha blanca por su significado y el color de la ficha) representan las tres virtudes de la filosofía confuciana, tales como la bondad o amor (仁愛), la sinceridad (真誠) y la piedad filial (孝心). Otras leyendas dicen que un pescador con el apellido Shī (施) inventó el *májiàng* para que otros se olvidaran del sufrimiento del mareo en el barco y por eso, se puso de moda. O dicen que en la Dinastía Qīng (清) un general imitó la leyenda anterior y con la adición de nuevas fichas para que los guardias nocturnos no se quedaran dormidos intentó promocionar este juego entre ellos. Existe otro origen relacionado con las oposiciones antiguas chinas que se denomina *zhōng sān yuán* (中三元) por las tres fichas que hemos mencionado antes, el caracter *zhōng* (中), el *fā* (發) y el bái (白). La primera ficha *zhōng* (中) se refiere a aprobar los exámenes de la dinastía y si se aprueba las tres importantes oposiciones, se dice "zhōng sān yuán" (中三元); la segunda ficha *fā* (發) es tener dinero o prosperidad; y la tercera ficha *bái* (白) significa blanco, es decir, no tener corrupción durante el servicio de funcionario, tan blanco o claro que no necesita ocultar nada, que lo puede examinar cualquiera (*qīngbái* 清白). Sea

Fichas del juego de mesa *májiàng*

lo que sea del origen verdadero del *májiàng*, todas estas leyendas son interesantes de conocer alguna parte de historia o costumbre china y también nos ayuda a saber más la sociedad y costumbre de esta cultura.

El *májiàng* se puede jugar en muchas ocasiones en Taiwán, por ejemplo, épocas festivas, casamiento, celebraciones, etc. Dicen que hasta en situaciones como hacer negocios hay que jugarlo con los cientes o con los jefes para tener confianza o se puede jugarlo insinuando las condiciones del contrato con algunas técnicas del *má jiàng*. Este juego de mesa también es conocido como "nadar en la mesa" (桌上游泳 , por su forma de barajar las fichas en la mesa como nadar) o "frotar ocho rondas" (搓 八 圈 significar jugar ocho rondas del *májiàng*) y su objetivo principal es formar grupos de fichas, o sea, conjunto de números consecutivos del mismo grupo de dibujos o fichas iguales. Actualmente el *májiàng* está hecho con material plástico porque es más barato y es difícil de estropearse, comparado con el antiguo hecho con marfil, bambú o madera. El objetivo del juego es intentar conseguir una seria completa que consiste en cuatro series de tres fichas que pueden ser tres de un mismo dibujo, o también pueden ser una secuencia de la misma ficha; y un par que tiene que ser obligatoriamente dos fichas del mismo dibujo y se gana al final con catorce fichas en total. Los jugadores inician el *májiàng* con trece fichas y una vez decidan el turno de cada uno con los dados, se recoge una ficha y tiene que abandonar una y ponerla en el centro de la mesa. Y en este momento, otros jugadores pueden pensar si es conveniente tomar la ficha cuando coincide la misma ficha si ya tienen dos iguales y es el denominado *pèng* (碰 que significa "chocar"). También exite otro caso de *chī* (吃 que significa "comer") que sólo se puede "chī" la ficha del jugador anterior cuando el jugador tiene otras dos con números seguidos. Y cuando aparecen estos dos casos a la vez, el de *pèng* es superior que el *chī*. Cada lugar tiene sus reglas modificadas al jugar el *májiàng,* pero el primer jugador que completa el juego de 16 fichas tiene el triunfo. El *májiàng* taiwanés contiene en total 144 fichas y las fichas normales van numeradas del uno hasta el nueve y hay tres tipos de fichas. El primero con el sinograma *wàn* (萬) que significa diez mil; el segundo, los de bambúes que también se denomina en chino *tiáo* (條) que es un cuantitativo para describir como "barra", pero en este grupo de fichas las que contienen sólo un palo es un dibujo de un pájaro que hay que fijarse bien; y el tercero, los de bolas, o en chino mandarín se les llama *bǐng* (餅) que tiene el significado de "pastel" por su forma redonda o también se puede decir *tǒng* (筒) que significa "tubo" por su semejanza física. Estas tres clases de fichas tienen cuatro por cada ficha, es decir, en total hay 36 fichas. Por otra parte, hay cuatro fichas con sinogramas que se refieren a los vientos de cuatro direcciones como *dōng* (東), *nán* (南), *xī* (西) y *běi* (北). Otras tres fichas que hemos citado anteriormente, que algunos las llaman los tres dragones aunque no tienen figuras de este animal, son el sinograma *zhōng* (中), el *fā* (發) y el *bái* (白) con el color rojo, verde y blanco respectivamente. Las fichas de los cuatro vientos y estos tres sinogramas contienen son cuatro por ficha, así que ya son 108 fichas. Por último, sólo quedan las fichas que sirven como bonus o extra, que son las cuatro flores con el dibujo de diferentes flores y número de 1 a 4 en la esquina izquierda arriba de la ficha; y las cuatro estaciones (*chūn xià qiū dōng* 春夏秋冬) con sus respectivos sinogramas en el mismo sitio como las fichas de las flores. Y estas fichas son únicas, son ocho en total y no son como otras fichas que tienen cuatro por ficha. Con todas estas fichas se forma el *májiàng* taiwanés de 144 fichas.

Para los taiwaneses, el *májiàng* tiene beneficios incalculables, y muchos opinan que al jugar este juego, el contacto de los dedos de las manos con las fichas de *májiàng* vivifica el cerebro y también promueve la circulación del sistema de los nervios periféricos. Además, para ganar este juego aparte de tener suerte, se requiere la inteligencia y estrategia para conseguir el éxito y puede elevar el movimiento del cerebro de los jugadores porque tienen que pensar y hacer cálculos. La habilidad de manejar las tácticas mentales o engañar a otros jugadores o estorbarlos, también es una parte interesante del juego. Por otro lado, jugar al *májiàng* es una forma de tener paciencia ya que hay que estar sentado en la silla por un buen rato para poder terminar el juego y con la compañía de familias o amigos se puede mejorar la comunicación de la relación si no practica este juego en exceso. Muchos mayores orientales creen que para conocer bien una persona, se puede observar su forma de comportarse en este juego de mesa debido a que su personalidad se refleja en sus estrategias o en su reacción al ganar o perder. Otros dicen que el *májìang* les suaviza el dolor de la vida porque tienen que estar concentrados para ganar y dejan de pensar por un momento en el sufrimiento o inseguridad de la vida, es como una pequeña fuga de la vida cotidiana que les hace sentirse libres. Además, no es necesario tener gran espacio para jugar el *májìang,* con una mesa cuadrada y sillas para cuatro y las fichas, sin preocuparse por el tiempo ni la hora, se puede empezar a jugar en casa. En fin, el *májìang* ya está bien definido por muchos países y es común jugarlo con el móvil u ordenador cuando quiera y donde quiera cada uno. Si no tienes amigos o familiares con quienes jugar, también existe la posibilidad de bajar el videojuego para jugar. Las opciones son varias y si al principio pierdes, tampoco hay que darle mucha importancia porque con más práctica, seguro que puedes ser un profesional del *májìang* taiwanés y encontrar su poder de atracción.

Los instrumentos musicales tradicionales en Taiwán

La música es un elemento valioso en la vida humana, podemos decir que no podemos vivir sin música. Sabemos que la música oriental y occidental es totalmente diferente y cada una es única por sus características y su peculiaridad apreciación. La música tradicional en Taiwán proviene de China continental y se llama "música nacional" y sus instrumentos son muy diferentes a los occidentales. En Taiwán se usa el término de "música nacional" *(guó yuè* 國樂), en Hong Kong se dice "música china" *(zhōng yuè* 中 樂) mientras que en China continental se denomina "*mínzú yuè*" (民 族 樂) que tiene el significado semejante a "música nacional".

Merece la pena conocer o incluso aprender a tocar algunos de ellos ya que la música tradicional taiwanesa y estos instrumentos representan la historia oriental y tienen ritmos y melodías desiguales a la occidental. Estos instrumentos musicales chinos son particulares por sus variedades, armonías y tonos, además con ellos se pueden construir y componer unas canciones maravillosas chinas. Con los diversos instrumentos musicales tradicionales se puede contemplar también la civilización china y su larga historia con sus dinastías. Durante la época de Shāng (商 1600 a. C.-1046 a. C.) que fue el primer estado con letras escritas, los instrumentos tradicionales chinos ya fueron utilizados en las ceremonias. Y hasta la siguiente dinastía, la Zhōu (周), el desarrollo de la música china llegó hasta la cumbre con abundantes instrumentos de percusión y de viento. Los instrumentos chinos antiguos se dividen en ocho categorías *(bā yīn* 八音) según su material, por ejemplo, oro *(jīn* 金), piedra *(shí* 石), barro o arcilla *(tǔ* 土), cuero *(gé* 革), seda *(sī* 絲), madera *(mù* 木), vegetal (como la calabaza china, *páo* 匏) y bambú *(zhú* 竹). Los instrumentos hechos de oro se refieren a aquellos que se hace con metal, tales como campana *(zhōng* 鐘), gōng chino *(luó* 鑼) y los platillos chinos *(bá* 鈸). Los de piedra se llaman "*qìng*" (磬) que es un tipo de percusión tradicional china y están hechos con piedras o jades y contienen dieciséis láminas en un equipo. Dicen que Confucio era un profesional en tocar este instrumento en su época. Los instrumentos de barro o de arcilla son aquellos como ocarina *(táo dí* 陶笛) y en la historia china hubo un instrumento antiguo que se parecía a la ocarina del occidente y se llamaba *xūn* (塤). Mientras que los instrumentos de *cuero* son aquellos de percusión como el tambor *(gǔ* 鼓). Los de seda son aquellos de cuerda pulsada (o tañida), de cuerda percutida y de cuerda frotada. En la historia antigua china, se usaba la seda para hacer las cuerdas de este tipo de instrumentos. Los instrumentos de cuerda pulsada o tañida son muy típicos chinos y se toca con acción de rasgar las cuerdas con dedos o uñas, como por ejemplo, el *pí pá* (琵琶 un tipo de laúd chino de cuatro cuerdas y mástil largo), el *liǔ qín* (柳琴 laúd chino de cuatro cuerdas y mástil corto) y el *gǔ zhēng* (古箏 cítara china). El *yáng qín* (揚琴 salterio chino) es el instrumento más conocido de los de cuerda percutida en música china. Otro tipo de los instrumentos de seda es el de cuerda frotada que se suele tocar con una acción de tirar del arco del instrumento, por ejemplo, el *èr hú* (二 胡) que es un instrumento de dos cuerdas con un mástil de forma hexagonal y el *mǎ tóu qín* (馬 頭琴) que es uno de dos cuerdas con el mástil fino con forma de cabeza de caballo. Los de madera son instrumentos hechos con este material como por ejemplo, el bloque de templo (*mú yú* 木魚) que también es uno de percusión y de forma esférica. Se denomina así porque se suele usar en los templos al rezar o meditar para dar el agradecimiento o adoración hacia los dioses. Es un instrumento musical sin cuerdas porque es un idiófono que produce sonido desde su propio cuerpo tocando con una paleta específica de madera. El *pāi bǎn* (拍板)

Liǔ qín (laúd chino de cuatro cuerdas y mástil corto)

Èr hú

Gǔ zhēng (cítara china)

también está hecho con madera y suele ser formado por tres trozos de madera o dos trozos de bambú y se utiliza bastante en el teatro de canto y habla (*shuō chàng jù* 說唱劇). Como se produce sonido con estos mismos trozos de madera en la mano, son parecidos a las castañuelas españolas, pero con diferente forma física que es más alargada y rectangular. Los instrumentos de vegetal (como la calabaza china, *páo* 匏) son los de lengüeta (*huáng guǎn* 簧管) y anteriormente algunos de ellos tenían la forma como la calabaza china o estaban hechos con cascarón seco de este vegetal (*hú lú shēng* 葫蘆笙). Por último, están los instrumentos de bambú, por ejemplo, las flautas chinas de bambú (*zhú dí* 竹笛) y la trompa (*suǒ nà* 嗩吶).

A continuación, hablaremos de algunos instrumentos tradicionales más representativos en Taiwán y sus características. Vemos primero el *pí pá* (琵琶) que como hemos citado antes, es un tipo de laúd chino de cuatro cuerdas y con mástil largo. La denominación de este instrumento procede de las dos maneras de pulseo, que se llaman en chino el "pí" y el "pá". Por un lado, el "pí" es la acción de la mano derecha con el dedo índice pulseando el instrumento hacia adelante y a la izquierda; por otro lado, el "pá" es la acción hacia la dirección opuesta, es decir, hacia atrás y a la derecha. El *pí pá* es muy parecido a la guitarra occidental porque son dos instrumentos de forma parecida y de cuerda de pulseo. Y a veces hay que utilizar uñas de los dedos para poder empujar o tirar bien de las cuerdas y por eso, también es normal ver a los músicos poniendo uñas artificiales que suelen ser de color blanco en los cinco dedos de la mano derecha. También se pueden dejar crecer las uñas largas como hacían los chinos antiguos, pero es más incómodo tener uñas largas todo el rato y es difícil limpiarlas bien y puede tener algún problema higiénico. Existen también otros tipos para acompañar este tipo de laúd chino en la orquesta, por ejemplo, uno con tamaño más pequeño que se llama el *liǔ qín* (柳琴) y hemos mencionado anteriormente que es otro laúd chino de cuatro cuerdas pero con el mástil más corto. Para tocar estos dos instrumentos, hay que practicar mucho y conseguir tener fluidez y destreza de los dedos. Observamos otro laúd de dos cuerdas que hemos mencionado antes, el *èr hú* (二胡). El tambor de este laúd es la caja de resonancia y se toca con un plectro especial para pulsear las cuerdas. Se utiliza la mano derecha para manejar el plectro mientras que con la izquierda se pulsan las cuerdas para diferentes tonos y notas. La trompa china, el *suǒ nà* (嗩吶) es un tipo de oboe y usa una lengüeta doble para dar los sonidos. Su caño está hecho de madera y tiene ocho agujeros u hoyos de nota. La parte anterior de la trompa *suǒ nà* (嗩　吶) es un afinador pequeño hecho con bronce. Este oboe cónico se utilizaba antes para música marcial, pero hoy en día se ve más en otras ceremonias. Normalmente este instrumento contiene un sonido alto por su tono claro y a menudo agudo para algunos, sin embargo, es un instrumento importante en fiestas u ocasiones tradicionales. El *gǔ zhēng* (古　箏) o la cítara china es un instrumento popular en la cultura china. A muchos estudiantes de la orquesta tradicional china les gusta tocar este instrumento por su precioso y suave sonido. Su apariencia es de caja larga y hay varios tipos de esta cítara según el número de cuerdas (desde 15 hasta más de 34 cuerdas). Su técnica de punteo es con la mano derecha o con las dos manos y hay que pegar con celo en los dedos las uñas artificiales o las clavijas que sirven como un plectro para diferenciar la nota.

En la secundaria taiwanesa, normalmente los estudiantes pueden elegir un grupo o asociación según su interés de practicar arte o técnica. Muchos acuden a asociaciones de música nacional e intentan aprender los instrumentos chinos para apreciar esta música y su cultura. Este tipo de música oriental tiene su melodía, ritmo, tono o compás totalmente diferente a la occidental y siempre conlleva un ambiente tradicional y clásico. Muchos padres taiwaneses siempre aconsejan a sus hijos que practiquen los instrumentos tradicionales porque es una de las mejores formas de acercarse a la cultura y su origen. Las ventajas de tocar un instrumento musical son inmensas como por ejemplo entrenar las habilidades cognitivas y las motoras finas y gruesas, mejorar la concentración, tener más paciencia, tener un aprendizaje continuo, practicar la constancia y disciplina, activar el bienestar emocional, mantener la capacidad social y coordinación en grupo, reducir el estrés, aprender a expresarse en otra forma, etc. Está demostrado que durante el aprendizaje de un instrumento musical se puede elevar la inteligencia, y sirve como terapia de música. A veces se puede sentir frustrado al no saber tocarlo bien al principio, pero se ve que, con la práctica persistente, al final se consigue tocarlo con éxito y se vence el miedo. Los instrumentos musicales tradicionales en Taiwán no son tan difíciles de aprender como aparentan. Como dicen el refrán que "la práctica hace al maestro", todo es practicar y se conquista la meta. Y si no tienes la oportunidad de aprender uno, por lo menos puedes escuchar canciones clásicas de estos instrumentos tradicionales que se suelen oír en el Año Nuevo Chino para alegrar el ánimo y sentir la emoción de esta cultura.

La cultura del anime y manga en Taiwán

Como pasa en todo el mundo, la cultura japonesa del anime y manga ha tenido una influencia exitosa. Su crecimiento ha sido significativo en la última década hasta formar un tipo de industria comercial. El término "manga" aquí se puede referir a todos los tipos de dibujos animados, animación y cómics, mientras que el "anime" generalmente es la versión animada del manga. En Taiwán es muy común ver los productos del anime y manga en la vida cotidiana. Por ejemplo, en los años noventa, los taiwaneses estaban aficionados a los dibujos animados de *Bola de dragón*, en inglés "Dragon ball", que era una historia muy entretenida no sólo para los niños sino también para los adultos. De hecho, los adultos solían estar más enganchados que los pequeños ya que tenían más presión en el trabajo y con estos

Bola de dragon, fotografía de Estela Lan
（攝影者：藍文君）

"Cosplay" o " costume play" (disfraz)

dibujos animados, podían relajarse y disfrutar de unos momentos de alegría. La popularidad de anime y manga era un fenómeno internacional no sólo en aquellos años, sino hasta hoy en día. Como geográficamente Taiwán está tan cerca de Japón, la expansión de este tipo de cultura japonesa influye mucho en Taiwán. Vemos que casi todos los taiwaneses han visto alguna vez dibujos animados japoneses o han leído comícs de este país. Es como una moda que se ha convertido en una lengua internacional para los asiáticos y occidentales para comunicarse y compartir sin fronteras. Con el avance de la tecnología, la industria del anime y manga es más potente y atrae el interés y atención de todo el mundo. Actualmente, en Taiwán hay muchas ferias o exposiciones relacionadas con el anime o manga y la gente intercambia sus opiniones, gustos o productos como una relación social. El término "cosplay" que viene del inglés "costume play" (disfraz y jugar en español) se refiere a una actividad de "interpretar disfrazado" y suele ser la representación de un personaje del cómic o dibujos animados japoneses. Este tipo de disfraz de los roles de ficción, es una parte importante para las personas muy apasionadas con la cultura de anime y cómic. Este fenómeno, es decir, "jugar a disfrazarse", se originó en Japón en 1970 y llegó la moda a Taiwán hace unos veinte o treinta años. Los taiwaneses suelen vestirse con accesorios o complementos, trajes específicos, maquillaje profesional del personaje que les gusta del anime o cómic y se presentan en el lugar en que han quedado para sacar fotos como recuerdo o intercambiar opiniones.

Los dibujos animados procedentes de Japón en Taiwán son numerosos. Citaremos algunos que siempre han sido una parte con influjo en la vida de los taiwaneses. Vemos, primero, los dibujos animados "Doraemon", que es un gato doméstico, pero que realmente es un robot que viene del futuro para ayudar al protagonista principal y tiene un bolsillo mágico del que puede sacar un montón de inventos para solucionar los problemas del protagonista. Esta serie de dibujos animados es muy famosa en todo el mundo y está doblada en diversos idiomas para los pequeños de diferentes nacionalidades. En Taiwán, es una serie muy popular y a los niños les encanta verla porque los aparatos inventados del futuro, les llaman mucho la atención y es bueno para motivar la creatividad. Este gato-robot es como una mascota que acompaña durante la infancia de muchos en su crecimiento. La imaginación es la idea principal de estos dibujos animados y su razón de tener tanto éxito. Otros dibujos animados para los niños son "Chibi Maruko Chan" que es una serie sobre la vida diaria de una muchacha, llamada Maruko. Esta serie también es muy conocida y hasta las palabras que dice esta chica o su abuelo, que son los dos protagonistas con personalidades destacadas, se usan en la sociedad taiwanesa para animar a la gente o para aliviar el estrés que sentimos todos los días. Los protagonistas principales de los dos dibujos animados que hemos mencionado suelen causar problemas en las series, pues son estudiantes de la escuela, que todavía son pequeños y las preocupaciones y dificultades que enfrentan son parecidas a las que nosotros vivimos. Estas series pueden tener tanto éxito en Taiwán quizás porque la sociedad japonesa es similar a la taiwanesa, y los niños de ambos países tienen que seguir la educación oriental y suelen tener los mismos obstáculos. Los niños taiwaneses se sienten identificados con estos protagonistas e incluso algunos adultos de Taiwán, y les gusta ver cómo solucionar los dilemas. Otra serie que se ha hecho viral por todo el mundo recientemente es el "Pokémon" que era un videojuego con éxito y ahora ha logrado expandirse con múltiples productos como la serie de televisión, zapatos, ropa, utensilios de la vida, etc. La serie trata de unos "monstruos de bolsillo" inventados por el autor y la historia es muy entretenida para los pequeños porque hay muchos tipos de monstruos graciosos y cada uno con diferente poder para ayudar al joven protagonista y para vencer a los malos. Es una serie típica de los acontecimientos pasados entre el héroe y el malo. A los niños les fascina el "Pokémon" porque aparte de poder ver su serie en televisión, pueden jugarlo con sus amigos. Los juegos de "Pokémon" están creados en muchas formas de los medios, pero con el mismo propósito de coleccionar los diferentes monstruos que pueden ser inspirados en animales, insectos, plantas, objetos o criaturas mitológicas. Los juegos de "Pokémon" son tan

Pokémon, fotografía de Ho Yueh Tung（攝影者：何玥彤）　　Studio Ghibli, fotografía de Estela Lan（攝影者：藍文君）

internacionales que hasta tienen jugadores de todos los países y se juntan de vez en cuanto para competir e intercambiar.

No es difícil percibir la gran influencia de la cultura del anime y manga en Taiwán, y no se puede olvidar mencionar el Studio Ghibli que es un estudio japonés de animación fundado en 1985 con las películas animadas más exitosas del mundo. Muchas de sus películas fueron nominadas al Óscar por su producción cinematográfica de animación y siempre aportan reflexiones, o bien entre humanos y animales, o bien de la naturaleza. Sus películas son tan clásicas que perduran para muchos adultos y pequeños, por ejemplo, *El castillo en el cielo, Mi vecino Totoro, Nicky, La aprendiz de bruja, Recuerdos del ayer, Porco Rosso, La princesa Mononoke, El viaje de Chihiro* y *Nausicaä del Valle del viento*, etc. Las películas producidas del Studio de Ghibli tienen las siguientes características de prestigio mundial. En primer lugar, a los taiwaneses actuales les interesa el tema de los personajes femeninos fuertes e independientes. Al contrario del concepto de las princesas tradicionales de Disney, las protagonistas en las películas de Ghibli suelen ser chicas o mujeres con personalidad activa y que pueden enfrentarse solas y tomar sus propias decisiones. Las historias de estas películas tratan de las aventuras que pueden tener estas chicas para que las personas en la sociedad actual se sientan también identificadas con ellas y que puedan superar cualquier conflicto y obstáculo. El hombre no es el único héroe que puede aparecer, las mujeres también pueden ser salvadoras del mundo o simplemente de ellas mismas. En segundo lugar, el tema sobre el medio ambiente es uno de los más considerados para esta empresa. Hace hincapié en la ecología porque se preocupa por las contaminaciones del planeta y por los animales. Los seres humanos ya no son el centro de la historia, sino una parte que forma el mundo para vivir. En algunas películas se revela una situación de violencia, conflicto y caos, pero así son más reales las películas y manifiestan el mundo humanista. Los problemas causados por los hombres por el avance tecnológico conforman las ideas principales en estas películas y hacen que la gente empiece a ser comprensiva y reflexione sobre ellas. Por último, este mismo estudio intenta presentar la etapa de la infancia con diferentes aventuras e imaginación. Es también uno de los factores más llamativos para el público. Muchos taiwaneses opinan que, al ver este tipo de películas, se sienten como si volvieran a la niñez e hicieran el mismo recorrido de los protagonistas pudiendo sentir la felicidad e inocencia de la infancia. En definitiva, estas películas son medicinas maravillosas para luchar contra la depresión o cansancio laboral. Y después de haberlas visto, la mayoría de la gente puede coger fuerzas nuevamente e intentar resolver los problemas de la vida. Últimamente está muy de moda ver estas películas los padres taiwaneses con sus hijos para pasar un buen momento familiar y revivir la niñez juntos. Otro tema parecido es el proceso de la adolescencia. Algunas películas de Ghibli tienen protagonistas jóvenes que buscan la propia identidad de cada uno y así enseñarnos sus procesos de maduración. Aunque para muchos adultos la adolescencia ya es una etapa pasada, ver las escenas relacionadas con este tema les hace recordar la juventud y la valentía que tuvieron en el pasado. Finalmente, muchos dicen que la técnica elaborada en todos estos dibujos animados japoneses es un arte profesional. Ver estas películas es como gozar un mundo impresionante y auténtico. Para muchas personas en Taiwán es una parte inolvidable de su infancia y les trae tiernos recuerdos no sólo de la familia, sino de los amigos. La magia de esta cultura de anime y manga en Taiwán es tan potente que hasta muchos se animan a aprender el idioma japonés o visitar este país para conocer mejor su cultura y sentirla.

El ping pong

El ping pong (*pīngpāngqiú* 乒乓球) o el tenis de mesa (*zhuōqiú* 桌球) es un deporte con enorme popularidad en Taiwán. A los niños les gusta jugar al ping pong porque aparte de que es un juego divertido, el equipaje de este deporte no pesa mucho y muchos pequeños practican este juego con compañeros en clase de educación física o en la familia. Este deporte de raqueta se juega entre dos jugadores en una mesa rectangular dividida en dos partes para cada jugador, y cada uno con su raqueta para golpear la pelota blanca o anaranjada y ligera, que rebota en la mesa verde. Sin embargo, también se juega con dos parejas y cada equipo incluye dos personas. El ping pong también se denomina tenis de mesa, por un lado, el primer nombre viene de su sonido al golpear la pelota con la raqueta al jugarlo, y el segundo, por otro lado, proviene de la traducción del inglés "table tennis". En general, los dos se practican en todo el mundo y se utilizan ampliamente los dos términos aunque algunos

Juego de ping pong (*pīngpāngqiú*)

profesionales los consideran como dos deportes distintos con diferencias sutiles para destacar la importancia de cada uno. Se ve por todos los lados la práctica de este deporte, y como hemos mencionado anteriormente, los estudiantes taiwaneses de escuela siempre juegan al ping pong todo el rato. Sabemos que es un deporte que tiene mucha fama en Asia y los occidentes opinan que casi todos los asiáticos saben jugar a este deporte. Es verdad que al practicarlo se entrena cómo coordinar los ojos y las manos y la reacción de hacerlo en poco tiempo es tan interesante como en todos los deportes. Los taiwaneses dedican mucho tiempo a este deporte y así como el fútbol es el deporte más famoso en España, el ping pong y el bádminton son los deportes más frecuentes en Taiwán. La pasión hacia este deporte es inmensa en Taiwán por su abundante extensión en el país.

Hay diversas versiones del origen de este juego y la mayoría de la gente sigue la de que el invento de este deporte se inspiró en el tenis. Es curioso que el ping pong viene del occidente aunque en la actualidad la gente lo relaciona más con los asiáticos por estereotipo. Como a los ingleses de finales del siglo XIX les encantaba jugar al tenis, con las condiciones limitadas de tiempo y espacio, se empezó a practicarlo en locales cerrados y poco a poco se formó el juego del tenis de mesa. A principios del siglo XX, el ping pong se practicaba con frecuencia en Asia y en Europa, y se empezaron a organizar partidos internacionales y el juego se hizo más común y famoso en los dos continentes. En el verano del 1988, el ping pong se convirtió oficialmente en un deporte en los Juegos Olímpicos.

Según la Federación internacional de tenis de mesa (ITTF, por sus siglas inglesas), existen las siguientes reglas para participar este juego a nivel mundial. En primer lugar, la mesa es rectangular con una longitud de 2,74 metros y anchura de 1,525 metros. Y tiene que estar situada en horizontal a 76 centímetros del suelo. El color de la mesa suele ser verde césped porque es obligatorio un color oscuro, mate y uniforme. En la mesa de juego hay líneas blancas para señalar claramente las cuatro zonas de cada lado. Estas líneas horizontales y verticales no sólo indican las áreas de cada campo por porciones iguales, sino también marcan los márgenes. En el medio de la mesa, se coloca una red para dividir los dos lados de la competición como muchos tipos de juego de pelota. La pelota pesa 2,7 gramos y es esférica y suele ser de material plástico muy ligero, además su tamaño es entre 36 y 38 milímetros de diámetro. El color de la pelota generalmente es blanco o anaranjado mate para poder verla bien y sin confusión. El color llamativo es el símbolo de hacer defensa o atacar a los jugadores enemigos. Lo más importante para cada jugador del ping pong es su raqueta. Su uso es para golpear la pelota y que ésta rebote contra el campo opuesto en el sitio adecuado y con la estrategia empleada para ganar. La raqueta suele estar pegada con goma por los dos lados y un lado es de color negro y otro rojo, y no pueden ser del mismo color. El lado rojo es el que golpea la pelota. Es plana y rígida y el cuerpo principal está hecho con madera natural. Como se sabe, el partido del ping pong puede ser individual, es decir, de dos personas, o dobles, de cuatro personas. Las tácticas de jugar este deporte son numerosas. Uno de los aspectos más fundamentales para estrategia son la velocidad, combatividad, precisión, cambio y giro. Como es una derivación del tenis, este juego no se practica en un espacio amplio ya que está inventado para adaptarlo a cualquier sitio interior y no se necesita un lugar con amplitud. El material ligero de la pelota con la evolución de la tecnología hace que la pelota gire más y con alta velocidad. Se requiere una técnica meticulosa y exquisita para manejar la dirección y velocidad de la pelota y si hay falta de entrenamiento, es fácil conseguir un resultado equívoco y lamentable. La reacción de golpear la pelota y remontarla también es una parte atractiva para los aficionados. Aunque en el partido del ping pong, parece que los jugadores no sudan mucho debido a que es un deporte interior y se mueven más las manos y los pasos son en un espacio limitado, se necesita un duro entrenamiento para poder controlar la velocidad y dirección exacta de la pelota. Hay dos formas de sujetar o coger la paleta por la pequeña diferencia de longitud del soporte de ésta. Por una parte, la paleta con el soporte más corto, se suele coger con la separación del dedo gordo y el índice por un lado, y el resto de los tres dedos por otro, y esta forma es más ágil y fácil de hacer fuerza para los principiantes. Sin embargo, con la paleta del soporte más largo, se coge con el dedo gordo por un lado, y el resto de los cuatro dedos por otro, y es más apropiado para los avanzados porque no se mueve con tanta sutileza, aunque la forma de manejarla es más compleja.

Los taiwaneses creen que el ping pong es una actividad en la que se puede practicar la fuerza, velocidad, flexibilidad, agilidad, paciencia y persistencia. No sólo se combina con la fuerza, sino con la estrategia. No es difícil de aprender, es más, se exigen menos condiciones para poder realizar este deporte. Es adecuado para personas de todas las edades. Las posibles ventajas son las siguientes. Primero, es importante para evitar la miopía en los niños. Los taiwaneses, siendo una raza asiática, está demostrado por la ciencia que la forma del cristal de sus ojos puede causar con más facilidad la miopía, aparte de las malas costumbres al utilizar los ojos. Pero con la práctica de jugar al ping pong, los jugadores tienen que fijarse con atención en el movimiento de la pelota, y eso hace que los ojos tengan que moverse con mucha frecuencia y esto estimula sus funciones. Con el movimiento de los ojos, se alivia el cansancio y la fatiga de éstos y se consigue la prevención de la miopía. Segundo, coordinar la vista, los pasos y los movimientos de las manos es un arte preciso. Se puede entrenar la capacidad del equilibrio y el uso de la combinación del cuerpo. Tercero, hay que pensar las posibles estrategias para ganar y exige que el celebro se concentre durante el partido y planee unas tácticas para defender o atacar. La circulación sanguínea se acelera y contribuye suficiente energía para activar el cerebro-siendo una buena manera de promover la salud cerebral. Como todos los deportes, uno de sus no menores beneficios es proveer a los deportistas un mejor estado mental. Los niños taiwaneses que practican el ping pong suelen ser más alegres y activos y con confianza. Ya se sabe que la sociedad oriental se centra más en la presión social, y los deberes del colegio son una carga muy pesada para los estudiantes. Con este deporte, sin ir a un campo o salir fuera de casa, uno puede relajarse y disminuir la presión que tienen en la rutina escolar. Cuarto, como hemos citado antes, el ping pong está fuera de la limitación del clima, y como en Taiwán llueve mucho o algunos días hace demasiado calor o corre mucho viento para jugar al badminton, pues el ping pong es un deporte conveniente para todos. Por eso, se puede realizar todos los días y con perseverancia y continuidad sin interrupción. La idea esencial de hacer deporte es practicarlo diariamente con firmeza. Quinto, la competencia en este juego es divertida debido a que, con diferente enemigo, tienes que ajustar o modificar tus estrategias y sacar tu potencia para encontrar la oportunidad de ganar. Casi todos los deportes contienen esta ventaja y no se puede ser olvidada. Parece mentira que un deporte tan simple consista en múltiples técnicas como girar, pasar, remontar, golpear, empujar, colgar, llevar, cortar, etc. que son unos movimientos profesionales del ping pong. Se hace con la paleta sobre la pelota. Y lo mejor es que este juego se puede practicar hasta por los mayores de edad sin dejarlos demasiado cansados. Podemos decir que el ping pong es un deporte para todos porque la intensidad de la fuerza de hacerlo depende de cada uno y la adaptación del jugador es superior a otros deportes. El jugador puede atacar con fuerza intensiva o hacer defensa con estrategias más suaves. Y no se necesitan muchas personas para practicarlo, por tanto, es sencillo y cómodo para los interesados en él.

La pintura china clásica (*guó huà* 國畫)

En chino mandarín se denomina a la pintura china clásica como "pintura del país" (*guó huà* 國畫) y es un arte tradicional entre las cuatro artes clásicas para una persona educada: los instrumentos chinos de cuerda, ajedrez chino, libros o caligrafía china y pintura (*qín qí shū huà* 琴棋書畫). En la sociedad taiwanesa también es importante aprender a pintar este tipo de pintura para saber manejar el pincel chino y sus técnicas profesionales. Además de tener las mismas ventajas de practicar la caligrafía china, aprender a pintar un cuadro de estilo chino clásico es favorable para abrir el horizonte y observar las cosas desde otro punto de vista, y acercarse más a la naturaleza y contemplarla. Las herramientas de la pintura china clásica son como las de la caligrafía china, que usa los "cuatro tesoros del estudio" (*wénfáng sìbǎo* 文房四寶): el pincel chino, la barra de tinta, el papel, y la piedra tintero (*bǐmó zhǐyàn* 筆墨紙硯). Antiguamente la tinta era de color negro, y a veces se usaba un elemento mineral, como el cinabrio que es de color rojo (*zhūshā* 朱砂), mezclado con otros minerales para conseguir diferentes tonos de colores. Una característica de las pinturas chinas clásicas es combinar la caligrafía con la pintura, es por eso, que aparece la denominación de un tipo de pintura como la "pintura caligráfica" (*shū huà* 書　畫). En la cultura china, es

"Pintura caligráfica" (*shū huà*)

muy normal ver pinturas hechas con pincel chino y con una escritura de caligrafía encima con comentarios o poemas del autor. Por otra parte, el combinar los colores es diferente de occidente. En la pintura china clásica, se usa la barra de tinta, la piedra tintero y agua para poder pintar, mientras que en la occidental se usa óleo, o sea, el aceite para mezclar con los colores y pintar. La barra de tinta está hecha con carbón (normalmente carbón seco y quemado) y laca o goma. Los pinceles son distintos ya que los pinceles chinos son aquellos que se usan para escribir caligrafía china y con puntas finas. En sentido amplio, las pinturas chinas clásicas pueden referirse a aquellas del estilo tradicional chino sean pintadas en la pared, talladas en piedras o porcelana, bordadas en tela o ropa, o sean pintadas al óleo o con acuarela con pinceles chinos. La historia de la pintura china clásica empezó desde muy temprano, como podemos ver en las obras pintadas en seda (*bóhuà* 帛畫) de la Dinastía Dōng zhōu (東周 , 770 a. C.-256 a. C.) y la obra conservada más completa es la versión copiada en la Dinastía Táng (唐 , 618-907) de la pintura *Nǔ shǐ zhēn tú* (女史箴圖) de Gù Kǎizhī (顧愷之). Es una pintura de tamaño largo y el contenido es sobre las enseñanzas de las virtudes de mujeres en el palacio del emperador chino. Con esta pintura, se revelan los comportamientos y actitudes de las mujeres en tiempos antiguos, como ser obedientes, humildes, honestas, cariñosas y estar calladas, etc. para poder alcanzar el símbolo de una mujer honrada y con virtud según aquella época. En la Dinastía DōngJìn (東晉), pintar y practicar la caligrafía son artes más notables para cultura china y las obras suelen ser hechas por nobles o intelectuales. Una obra de caligrafía china es igual de importante que una de pintura china clásica y se puede colgar en la pared como un cuadro para apreciarla. El conocido pintor y funcionario gubernamental, Gù Kǎizhī (顧愷之) de esta época realizó otra obra famosa, la pintura "Poesía de la Diosa Luò" (*luòshén fùtú* 洛神賦圖), con influencia de budismo y confucianismo. La protagonista en su pintura es de forma delgada y con un ambiente espiritual. Se nota que la belleza de una persona se expresa con una estética emocional e interior, como en esta obra en que la diosa da una sensación misteriosa y sublime. Después vemos que la pintura china en la Dinastía Suí (隋 , 581-619) y la Táng (唐 , 618-907) los protagonistas eran personajes del palacio del emperador están llenos de una sensación de lujo y brillantez. El famoso pintor de la Dinastía Táng, Wú Dàozǐ (吳 道 子 , 685-758), nominado conocido como "el Santo pintor de cien generación" (*bǎidài huàshèng* 百代畫聖), demostró su téctica única de dibujar las personas con trazos fluidos como si hubiera pasado el viento y enfatizaba las tres dimensiones en papel con trazos finos o gruesos. La ropa de estas personas era muy vívida y como si fuera real delante de los ojos. Después, las pinturas del paisaje empezaron a aumentar más, y uno de los pintores más famosos fue Wáng Wéi (王維) por sus poemas, pinturas y libros por los que obtuvo el título de "Buda de poema" (*shī fó* 詩 佛). Tenía mucho talento y sus pinturas del paisaje como montañas, rios y nubes tuvieron

Pintura de montaña y aguas o ríos
(*shānshuǐ huà*)

Pintura con tema de pájaros

gran éxito y prestigio en aquella época. En la Dinastía Sòng (宋 , 960-1279) la técnica de dibujar un objeto por su físico es más ambigua y discreta, que por ejemplo, la forma de pintar una montaña en que su figura se escondía entre nubes o nieblas. Durante la Dinastía Běi sòng (北宋 , 960-1127), el intelectual Sū Shì (蘇 軾) agregó la caligrafía en sus pinturas y empezó un estilo estético de ser sincero y tranquilo. Desde entonces, muchos pintores se centraban en cómo transmitir el espíritu interior en vez del físico exterior. Y les gustaba pintar en seda, pero con el desarrollo del papel, poco a poco se utilizaba más el papel para pintar. Por otra parte, vemos que en la Dinastía Yuán (元 , 1271-1368), ya se pintaba casi todo en papel y les gustaban más los trazos menos densos de tinta. Además, para seguir la tradición anterior, se dejaba un espacio arriba de la pintura para poder escribir poemas y creando así una obra combinada de poema, libro y pintura. En la Dinastía Míng (明 1368-1644) aparecieron temas sobre las costumbres sociales y vida cotidiana de clase normal. Podemos observar la sociedad a través de estas pinturas chinas para averiguar la danza, instrumentos, arquitectura, comida, medicina, comportamiento, etc. en aquel período. Y a finales de la Dinastía Qīng (清 , 1636-1912) todos los temas son ya posibles y algunos métodos de pinturas también se ven eran influidos por Occidente. Con esta libertad, los pintores se hacen más individualistas y no siempre siguen los modelos chinos tradicionales.

Por otro lado, en el sentido limitado, vemos que la pintura china clásica se centra, al principio, en aquella que pinta paisajes (*shānshuǐ huà* 山水畫, pinturas de montaña y aguas o ríos) sólo con la tinta china y agua, es decir, sólo hay un color negro y sin dejar márgenes. Después evoluciona a pinturas con temas de flores y pájaros (*huā niǎo huà* 花鳥畫) y con más colores. Al pintar los paisajes con el estilo chino clásico, es fundamental hacerlo con una idea general para expresar el sentimiento del pintor y no la apariencia externa. Asimismo, es esencial dejar márgenes en muchos sitios como espacio para liberar la imaginación de cada uno. Muchos dicen que es un proceso de "escribir", y no "dibujar". Es como "escribir" el paisaje o la forma de pensar del autor para el público. En la época primera de las pinturas chinas clásicas se pintaban las montañas o ríos o árboles, y los trazos eran importantes para manifestar la conmoción del pintor y transmitirla a los que las contemplan. El tamaño de pintura china clásica es diverso, pero suele ser alargado como un rectángulo, debido a que se hacía este tipo de pinturas en seda y la tela en seda antes tenía un tamaño estrictamente limitado. La pintura china clásica destaca la flexibilidad del espacio y tiempo, es más bien una forma de estudiar lo que quiere expresar el autor y a veces es una experiencia de conocer la conciencia o su pensamiento. Podemos decir que las pinturas occidentales intentan dibujar la apariencia física exacta de los objetos mientras que las pinturas chinas clásicas tienden a "presentar" el arte. Para los chinos tradicionales, pintar no sólo es capturar la forma física, sino presentar su concepto artístico (*qìyùn* 氣韻) y ámbito espirirual (*jìngjiè* 境界). En teoría es una presentación de un pensamiento sistemático porque en la pintura se puede observar el pensamiento, espíritu, conciencia del pintor a través de la caligrafía, poema y dibujos en su obra. Es imprescindible subrayar el sentido subjetivo del pintor y la pintura china clásica indica la creencia de "usar la figura para describir su espíritu" (*yǐxíng xiěshén* 以形寫神), o sea, persigue una sensación entre "se parece y no se parece tanto". Las técnicas de los trazos también son fundamentales por sus líneas finas o gruesas,

El espacio vació (liú bái) que se deja a propósito

ligeras o fuertes, redondas o planas, fijas o cambiantes, etc. Y el tono y el color de la tinta desempeñan un papel esencial porque depende de la cantidad de agua, por lo que se puede distinguir su tono y matiz. Normalmente la pintura china clásica no enfatiza tanto como la occidental el cambio o reflejo de la luz en los objetos. Para los pintores chinos tradicionales, lo más impresionante es el efecto (*qìshì* 氣勢) causado por sus obras para el público a través de la decoración de cada objeto e incluso el margen (*liú bái* 留白) que se deja a propósito. Para los taiwaneses que practican la pintura china clásica, las de paisaje de montaña y río son como las relaciones entre los humanos y la naturaleza, y que ambos se mezclan como una unidad; las de personajes representan la sociedad de hombres y sus relaciones; las de flores y pájaros significan todas las vidas de los seres vivos en la naturaleza y que conviven tranquilamente con los humanos. El arte de la pintura china clásica no es sólo un dibujo, sino un pensamiento de la filosofía china, y con estos tres tipos de pinturas se forma el conjunto del universo y el sentido esencial de todo.

Parte 6

第 6 單元

Fiestas
節慶

節慶

....

　　本單元將介紹臺灣幾個重要節慶，例如：春節、端午節和中秋節。春節（又稱「過年」、「農曆新年」）對於臺灣人來說十分重要，主要源自於中國文化的延伸。農曆新年是一年當中大家最為看重的日子，象徵家人團圓的除夕年夜飯、添壽的長年菜、財源廣進的餃子（元寶）、為父母祈求長壽的守歲習俗、喜氣洋洋的紅色布置和穿搭，每個活動、習俗都是不可或缺的春節特色。臺灣人就愛家族相聚的熱鬧氛圍，子孫滿堂、富貴平安一直是大家所嚮往的家庭風景。

　　農曆五月初五的端午節在華人的文化中也是不可或缺的，主要起源於屈原投江的故事，進而延伸出吃粽子的習俗。臺灣人包粽子和吃粽子都是家人聚在一起的活動，延續這些佳節應景的傳統，也是代代相傳的文化軌跡。

　　中秋節在農曆的八月十五，起源於嫦娥奔月的民間故事。在臺灣除了吃月餅的習俗外，還發展出家人團聚一起吃烤肉的特別活動。吃月餅、賞月和烤肉，已經成為孩子們在這個節日最期待的事情，也是讓家人聯繫感情、聊天談心的珍貴溫馨時刻。

Fiestas

El Año Nuevo Chino en Taiwán

No podemos olvidar citar las fiestas que desempeñan un papel importante en la cultura e historia de un lugar. Si conocemos las fiestas tradicionales de los taiwaneses, podemos acercarnos más y comprender mejor su sociedad y evitar algunos malentendidos. Las fiestas más importantes en Taiwán son el Año Nuevo chino, la Fiesta de los Botes Dragón y la Fiesta de Mitad de Otoño. Casi todas las fiestas tradicionales que se celebran en Taiwán se basan en el calendario lunar, por lo tanto, cada año suelen caer en fechas distintas del calendario gregoriano, generalmente en enero o febrero. Muchas de ellas sirven para conmemorar o dar homenaje a los antepasados, acontecimientos históricos, dioses, leyendas chinas, etc.

Indudablemente, la fiesta más importante en Taiwán es el Año Nuevo chino,

Cena de reunión (*tuányuánfàn*)

Escribir pareados de buen augurio en tiras de papel rojo

que también se considera como la fiesta de primavera. Normalmente dura unas dos semanas para festejar el comienzo de un nuevo año del calendario lunar. El último día del año según el calendario lunar, se prepara mucha comida, rodeados de toda la familia para cenar en una mesa redonda y es llamada la cena de reunión (*tuányuánfàn* 團圓飯). Es tradición cocinar un pescado entero para esta cena, porque la palabra pescado suena igual que "excedente, algo que sobra". Por otro lado, a los mayores les encanta tomar una verdura de hoja verde que se llama 長年菜 (*chángniáncài*) y que significa tener larga vida. En las calles también se oyen ruidos de petardos para asustar a los fantasmas o bestias, porque, según cuenta la leyenda, hubo una bestia llamada *nián* (年) que a final de año salía a buscar comida y aterrorizaba a la gente, y una manera de espantarlo era con fuegos artificiales, y petardos para "pasar al nuevo año" (*guònián* 過年) sin problemas y con alegría. En el Año Nuevo chino también es normal amasar y cocinar empanadillas chinas (*jiǎozǐ* 餃子、*yuánbǎo* 元寶) que no son fritas y sino al vapor, y que tienen una forma parecida al antiguo dinero de China y a veces esconden monedas dentro.

Durante esta fiesta, es corriente escribir pareados de buen augurio en tiras de papel rojo que luego se pegan en la puerta, ya que, también según la leyenda, el monstruo *nian* tiene miedo al color rojo. Aprovechando esta ocasión los padres enseñan a los hijos a practicar la caligrafía china con pinceles chinos y usando tinta negra en vez de bolígrafos o rotuladores de la modernidad. Frecuentemente también se ponen imágenes de dioses en la puerta, en vez de los pareados, para proteger la entrada. En las tiendas o grandes almacenes se oyen canciones chinas con instrumentos tradicionales para celebrar y dar bienvenida el Año Nuevo. Durante la cena del último día del año los abuelos y padres dan sobres rojos con dinero dentro para los nietos e hijos y les dicen frases educativas alentándolos a ser buenos y que crezcan fuertes, mientras que los menores tienen que decir palabras que dan suerte a los mayores tales como 長命百歲 (*chángmìng bǎisuì*) que significa pedir una larga vida de cien años, 恭喜發財 (*gōngxǐ fā cái*) que significa felicidad y lograr riqueza, y 大吉大利 (*dàjí dàlì*) que significa tener mucha suerte y lograr grandes beneficios. Otra tradición es que los hijos guardan sus sobres rojos debajo de la almohada y se quedan despiertos durante la nochevieja para pedir que sus padres puedan vivir más tiempo y con larga vida, y es el llamado 守歲 (*shǒusuì:* "guardar los años"). Es uno de los famosos actos para demostrar la piedad filial que es la virtud fundamental de la sociedad taiwanesa. Es normal ponerse ropa interior de color rojo para atraer la suerte porque este mismo color se usa siempre en la boda u ocasiones afortunadas y dicen que si la lleva una persona, puede tener más suerte al apostar dinero ya que durante el Año Nuevo los familiares suelen apostar dinero jugando al mahjong (*májiāng* 麻將) que es un juego de mesa que se juega con fichas de marfil o plástico. Y el día 1 de enero del calendario lunar, hay que vestir ropa nueva para estrenar el año con un nuevo comienzo.

Fiestas importantes taiwanesas

Otras dos fiestas importantes en Taiwán son la Fiesta de los Botes dragón y la Fiesta de Mitad de Otoño.

La primera es para conmemorar al patriótico poeta Qū Yuán (屈　原), del Estado de Chǔ (楚) del periodo de los Reinos Combatientes (*chūnqiū shídài* 春秋時代), que se celebra el día 5 de mayo del calendario lunar. En aquella época, el Estado de Qín (秦) era el más poderoso y quería invadir otros estados. El poeta Qū Yuán era un funcionario leal de Estado de Chǔ y dio sus recomendaciones al soberano, pero este no le hizo caso y encima lo expulsó de la capital del estado. El soberano de Chǔ siguió los consejos de otros funcionarios infieles y luchó contra el Estado de Qín y este lo destrozó. Al

enterarse de la desgraciada noticia, el patriota Qū Yuán se sintió tan triste que abrazó una piedra gigante y se suicidó tirándose al río, el día 5 de mayo del calendario lunar. La gente del pueblo quería recuperar su cadáver y no querían que los peces lo comieran, por eso, tiró comida, como tamales chinos que contenía arroz y carne envuelto en hojas de bambú o

Tamales chinos (*zòngzǐ*)

Regata de los botes dragón.

maíz (*zòngzi* 粽子) y esa comida se convirtió en una costumbre tradicional en ese día. Desde entonces es una tradición para los taiwaneses preparar tamales chinos en memoria del gran patriota Qū Yuán. Al mismo tiempo ha aparecido otra celebración por diversión que es la competición de equipos de remadores en largas barcazas con la proa en forma de cabeza de dragón que por eso también se llama la regata de los botes dragón.

La otra conocida fiesta en Taiwán es la de Mitad de Otoño que es el día 15 de agosto del calendario lunar, y se denomina así porque es el día que está en mitad del mes de agosto lunar, que es en septiembre o principios de octubre en el calendario gregoriano. La fiesta de mitad de otoño cae en la estación de la recolección del maíz y se agradece la rica cosecha, dando gracias a los dioses de la tierra, y a los antepasados por haber protegido la familia, por lo que también es una fiesta de reunión familiar. Ese día 15 hay luna llena, y es costumbre saborear pasteles de forma redonda como esta luna y contemplarla por la noche. Una de las leyendas de la mitología china relacionada con esta fiesta es la de Cháng É (嫦娥) que era una joven hermosa que robó y comió la porción de la inmortalidad y empezó a levitar hasta la luna. Actualmente, se celebra la fiesta de Mitad de Otoño organizando una barbacoa con amigos o familiares por la noche por influencia de los anuncios de salsa de barbacoa que salieron en la televisión taiwanesa en 1986 y en 1989. Los anuncios de dos fábricas de salsa de soja en Taiwán fueron tan famosos que trajeron la moda de hacer barbacoa en el patio o parque al aire libre en este día tan señalado del calendario taiwanés.

Parte 7

第 7 單元

Calendario y medicina china

節氣和中醫

節氣和中醫

‧‧

　　本單元將特別介紹依據農曆而行的節氣，它傳承自中國古代人對於季節時分的觀察、統計、歸納結果，是農作社會對於氣候、穀物收成和身體保養的學問。節氣是依據農業社會制定的季節分類，而中國人相信依照各個時節的調整，可以做身體上的進補和照護，這樣對於健康也有更多助益。

　　中醫的起源來自古老的中國歷史，依照人身體的陰陽五行歸納，可以做適當調整，也發展出相對於西醫科學的另一門學問。通常在臺灣看完中醫也會參考醫囑吃中藥，也可以搭配針灸治療。除此之外，中醫的把脈和食療，是能夠協助患者的方式之一；食療的方法也和西醫的理念一致，針對患病原因，改變或補充飲食營養狀況，讓患者的狀況能得到緩衝和改善。

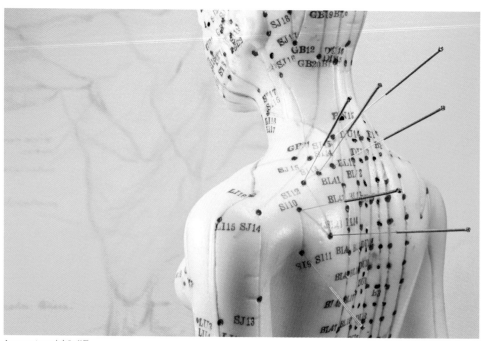

Acupuntura (*zhēnjiǔ*)

Calendario y medicina china

Los 24 términos solares del calendario chino

En 2016, Unesco declaró los 24 términos o períodos solares (*èrshísì jiéqì* 二十四節氣) del calendario chino como Patrimonio Cultural Inmaterial de la Humanidad, y como en Taiwán también se utiliza este tipo de calendario lunar, aparte del calendario internacional, pues la cultura de estos 24 términos está inscrita en la vida diaria. Las denominaciones de estos 24 términos solares aparecen por primera vez en el libro *Clásicos de los maestros Huái nán* (Huái nán zǐ 淮南子) de la Dinastía Hàn. Los términos solares se dividen en 24 periodos por los cambios climáticos y los cambios en la posición del sol en el zodiaco chino durante el año. Los chinos después de haber hecho las observaciones meteorológicas diseñaron un círculo con 24 secciones, cada sección correspondía solarmente a 15 grados en la eclíptica que es la órbita alrededor del sol y duraba más o menos como medio mes. Como estos términos están relacionados con las cuatro estaciones del planeta, sirven de gran ayuda para los agricultores y a todos los taiwaneses para predecir o aprovechar el tiempo. Hoy en día tenemos cuatro estaciones que son primavera, verano, otoño e invierno. Según los 24 términos solares, cada estación incluye seis periodos diferentes. Los nombres de todos estos términos reflejan detalladamente los cambios del tiempo, tales como la humedad, lluvia, temperatura, viento, etc.

Muestra de calendario lunar

Primero. Los seis periodos de la primavera son: inicio de la primavera (*lì chūn* 立春), agua de lluvia (*yǔ shuǐ* 雨水), despertar de los insectos (*jīng zhé* 驚蟄), equinoccio de primavera (*chūn fēn* 春分) (que es el momento del año en que el sol está en el plano del ecuador celeste), claridad pura (*qīng míng* 清明) y lluvia de grano (*gǔ yǔ* 穀雨). El inicio de la primavera suele caer en el Año Nuevo Chino del calendario lunar y normalmente es el inicio del calentamiento global de febrero. A mediados de febrero, comienza a haber abundantes lluvias como designa el término "agua de lluvia". Y después, el tiempo empieza a calentar y la naturaleza despierta a brotar y a florecer. En el periodo de equinoccio de primavera, la noche y el día duran doce horas y suele ser a finales de marzo. Las temperaturas aumentan un poco, y después llega la lluvia de grano, en que caen bastantes lluvias para que los vegetales crezcan.

Segundo. Los seis periodos del verano son: inicio del verano (*lì xià* 立 夏), pequeña maduración (*xiǎo mǎn* 小 滿), granos en espigas (*máng zhòng* 芒 種), solsticio de verano (*xià zhì* 夏至), calor ligero (*xiǎo shǔ* 小暑) y gran calor (*dà shǔ* 大暑). A principios de mayo es el inicio del calor del verano, y con el periodo de la pequeña maduración, vemos que los cultivos comienzan a crecer más. En el periodo de granos en espigas, estos cultivos maduran. Y llegamos al solsticio de verano que es casi a finales de junio, las horas del sol son las más largas de todo el año. En julio comienza el calor ligero y se nota que en Taiwán también llega un calor ardiente. Casi a finales de julio, es el gran calor que es el periodo más caluroso e inaguantable del año.

Tercero. Los seis periodos del otoño son: inicio de otoño (*lì qiū* 立秋), límite del calor (*chǔ shǔ* 處 暑), rocío blanco (*bái lù* 白 露), equinoccio de otoño (*qiū fēn* 秋分), rocío frío (*hán lù* 寒露), caída de la escarcha (*shuāng jiàng* 霜降). En agosto es la época de cosecha y el tiempo todavía es caluroso. Llegamos al límite del calor, que suele ser casi a finales de agosto que indica que el calor desaparece poco a poco. Sin embargo, muchas veces las temperaturas en este periodo no bajan y siguen como las del pleno verano, y se le llama "tigre de otoño" en Taiwán, para señalar que, aunque ha llegado el otoño, el calor abrasador nos persigue todavía, y este calor es tan fuerte como un tigre. La llegada de septiembre es la transición oficial de otoño con la llegada de lluvias y rocío por la mañana. Es el equinoccio de otoño, cuando la noche y el día duran doce horas y frecuentemente es la fecha de celebrar la famosa fiesta de Mitad de Otoño en Taiwán. En octubre el tiempo comienza a refrescar por la mañana y por la noche hasta aparece la escarcha a veces. Ya casi a finales de octubres, hiela y empiezan a caer las hojas de árboles.

Por último: Los seis periodos del invierno son: inicio del invierno (*lì dōng* 立冬), nevada ligera (*xiǎo xuě* 小雪), gran nevada (*dà xuě* 大雪), solsticio de invierno (*dōng zhì* 冬至), frío ligero (*xiǎo hán* 小寒) y gran frío (*dà hán* 大寒). Vemos que con la llegada de noviembre el metabolismo de la naturaleza se detiene, no sólo las plantas sino también los animales que se toman un largo descanso para poder obtener una nueva fuerza en primavera. Cuando llega la nevada ligera, ya hace frío y como dice su nombre, en algunos sitios empieza a nevar un poco.

Sopa de bolitas de arroz (*tāngyuán*)

Después es la gran nevada en diciembre y suceden nevadas más fuertes. La noche más larga que el día pasa en el solsticio de invierno, que suele ser casi a finales de diciembre. Según la tradición china, los del norte comen empanadillas hervidas (*shuǐjiǎo* 水餃) y los del sur toman sopa de bolitas de arroz (*tāngyuán* 湯圓), por eso en Taiwán se toma más la sopa de bolitas de arroz que suele ser con sabor dulce y dichas bolitas de arroz tienen el significado de estar unida toda la familia, hasta que, según el calendario lunar, se celebra el fin del año y así se cumple otro año nuevo con paz y felicidad. En enero se aproxima el frío y casi a finales de este mes llegan los días más fríos del año.

Antiguamente los campesinos chinos vivían según estos términos solares con la inteligencia de haber seguido los cambios atmosféricos, y hoy en día mantenemos esta costumbre en Taiwán para seguir los pasos de la tradición y también porque los taiwaneses piensan que es mejor tener en cuenta estos periodos del tiempo para conseguir una mejor salud y una vida con mejor calidad.

La medicina tradicional china

La medicina china (*zhōng yī* 中醫) es la forma breve de decir la medicina tradicional china (MTC) o la medicina china tradicional (MCT). Es una medicina que se estudia desde la Dinastía Hàn (*hàn cháo* 漢朝) y que ya cuenta con miles años de historia. En Taiwán, como se recibe la influencia de China, hay muchas personas que van al médico tradicional chino cuando están enfermas. Comparando con la medicina occidental, se la considera muchas veces con tratamientos más tradicionales, o incluso a veces menos científicos. Es por eso que la medicina china ha evolucionado con otros métodos alternativos y modernos.

Las teorías esenciales de la medicina tradicional china se centran en dos principios importantes: por un lado, la doctrina de los cinco elementos (*wǔxíng* 五行 cinco movimientos o acciones), y por otro lado, la teoría del *yīnyáng* (陰陽). Según la filosofía china, los cinco elementos forman un cuerpo sistemático para agrupar a los seres vivos dependiendo de sus características diferentes que pueden

Métodos para diagnosticar la enfermedad: observar (*wàng*), oler (*wén*), preguntar (*wèn*) y tomar pulso (*qiē*)

ser como metal, madera, agua, fuego y tierra (金木水火土). Estos elementos de la naturaleza no se refieren a las materias concretas, sino a sus variantes atributos abstractos. Describen las interacciones de todas las cosas y las fórmulas de sus movimientos. Es decir, son como distintos tipos de energía entre ellos. Los chinos creen que estos cinco elementos concluyen los cambios del éter y no sólo es la causa de la función y circulación del universo, sino también influyen en el destino de los humanos. Por otro lado, la teoría del *yīnyáng* (陰陽) se origina del taoísmo (*dàojiào* 道教) que es una filosofía y religión para mantener la armonía en la vida. Según la filosofía tradicional china, el *yīn* (陰) y el *yáng* (陽) son dos conceptos opuestos y a la vez complementarios y relacionados, como por ejemplo, el día y la noche, el sol y la luna, el frío y el calor, movimiento y quietud, derecho e izquierdo, arriba y abajo, etc. El *yīn* es el concepto femenino, como la parte oscura, negativa y pasiva; mientras que el *yáng* es el concepto masculino, como la parte luminosa, positiva y activa.

La medicina tradicional china se fundamenta en la teoría de los conceptos mencionados arriba, o sea, el *yīn yáng* y los cinco elementos, *wǔ xíng,* y además considera el cuerpo humano como una unidad con energía vital *chì* (*qì* 氣), física *xíng* (形) y mental o emocional *shén* (神). Los médicos tradicionales chinos opinan que cuando se agita el flujo del *chì* y se provoca el desequilibrio del *yīn* y el *yáng*, aparece la enfermedad o se produce el malestar del cuerpo. Este tipo de medicina utiliza métodos para diagnosticar la enfermedad, tales como observar *wàng* (望), oler *wén* (聞), preguntar *wèn* (問) y tomar pulso *qiē* (切), que constituye la famosa pulsología china en que se toman tres diferentes pulsos en cada muñeca del paciente. A continuación explicamos estas cuatro formas de diagnóstico.

Primero, la observación es también una inspección de la cara. Los médicos tradicionales chinos generalmente piden a los pacientes que saquen la lengua para investigar su aspecto como referencia de hacer un diagnóstico. Segundo, es el olfato y se combina con la auscultación como advertir si el paciente tiene algún olor corporal o del aliento. Tercero, es la palpación que es un método usando con el sentido del tacto para comprobar el estado del cuerpo. En este caso es tomar el pulso y según el ritmo y la fuerza de éste, se ayuda a determinar la enfermedad con otros métodos. Por último, es la indagación de las siete consultas esenciales,

Fitoterapia (*zhōngyào*)

y es habitual que los médicos tradicionales chinos pregunten a los pacientes detalladamente sobre su apetito y sed, sueño, menstruación y leucorrea, dolor, transpiración, escalofríos y fiebre, defecación y micción para poder estudiar y evaluar la situación. Estas formas son típicas de la medicina tradicional china para analizar síndromes, síntomas, razón, lugar de afección. Los tratamientos de este tipo de medicina son varios como tomar medicina china o la fitoterapia (*zhōngyào* 中藥), acupuntura (*zhēnjiǔ* 針灸), ventosaterapia (*báguàn* 拔罐), masajes reparadores (*tuīná* 推拿), o dietética china (*shíliáo* 食療), etc.

La primera técnica terapéutica de la medicina tradicional china es la fitoterapia (*zhōngyào* 中藥). Es una terapia en la que los médicos chinos dan recetas a los pacientes generalmente de hierbas, minerales o partes de animales que se pueden conseguir de la naturaleza. En las clínicas de la medicina tradicional china en Taiwán, se dan estas medicinas chinas en polvo, o se hierven en agua y se da la sopa de los contenidos de la receta, y rara vez las ofrecen en pastillas. También se pueden llevar las recetas a las farmacias tradicionales taiwanesas para que las preparen según la forma y los contenidos de la receta médica.

La famosa acupuntura (*zhēnjiǔ* 針灸) es una forma muy antigua en la medicina china de prácticas de poner agujas especiales en partes específicas del cuerpo. No se insertan estas agujas en cualquier sitio, sino que después de diagnosticar la enfermedad, se pinchan en áreas designadas, o puntos de acupuntura (*xuédào* 穴道), para aliviar o curar la molestia. Los puntos de acupuntura donde se colocan las agujas suelen ser los canales del cuerpo humano que se denominan "meridianos" (*jīngmài* 經脈). Los médicos tradicionales chinos practican la acupuntura siguiendo el esquema anatómico del cuerpo humano y en las clínicas chinas se suele ver un modelo acupuntural con las estructuras de meridianos y los puntos de acupuntura. Según los acupunturistas, con este tipo de prácticas se puede conseguir un alivio del dolor o incluso a veces liberar endorfinas al insertar las agujas en el cuerpo del paciente. Sin embargo, siempre hay que tener mucho cuidado con la infección u otros efectos secundarios como provocar daños en el sistema nervioso central, etc.

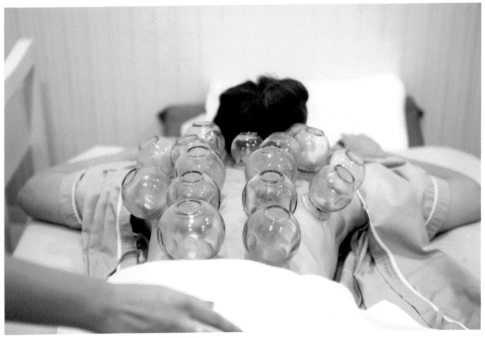

Ventosaterapia o terapia con ventosas (*báguàn*)

Otro tratamiento es la ventosaterapia o terapia con ventosas (*báguàn* 拔罐) que se considera como una medicina alternativa china y que usa ventosas encima de la piel para causar una congestión sacando el aire de la ventosa, como una forma de hacerlo al vacío. Sus seguidores opinan que esta técnica médica puede mejorar la circulación sanguínea y también favorece el equilibrio y movimiento de la energía vital. Existen diferentes materiales para ventosas, y en Taiwán se usan las más modernas que son de plástico con bomba de aspiración, o de goma, o cristal, y hay que calentar la ventosa y se la coloca en la piel, dentro de la ventosa se forma una combustión del oxígeno y se hace al vacío, y se pega encima de la piel. Después de un tiempo determinado, la piel se siente con la presión de la congestión y se empieza a poner rojo oscuro o morada, y se quita la ventosa. Hay muchas formas de aplicar la ventosa, la que hemos citado sólo es una de ellas. La terapia con ventosas es criticada ya que no hay suficientes pruebas científicas para apoyar sus efectos y a veces al poner la ventosa al vacío, con descuido se producen heridas que si los pacientes no las cuidan bien, puede causar infección.

Los masajes reparadores medicales en chino mandarín se llaman *tuīná* (推 拿) que significa "empujar" y "agarrar". Son las dos formas principales del masaje chino, no es como un masaje sólo para relajarse, sino es dado por un terapeuta con la intención de resolver problemas musculares y a veces con algunos movimientos circulares de la articulación para activar su función. Este tipo de masaje depende mucho de la técnica manual de los profesionales y los terapeutas tienen la obligación de saber los conocimientos de la medicina china y sus destrezas. Sólo se aplica en la superficie corporal presionando los canales de meridianos y algunos puntos especiales como los de acupuntura para moderar algunos dolores del cuerpo.

La dietética china (*shíliáo* 食療), es decir, la terapia de observar y controlar los alimentos para conseguir la salud, es un concepto bien expandido en la cultura china y no sólo se utiliza en la medicina china, sino se vive en el día normal de todos los taiwaneses. Dicen que "eres lo que comes", y es cierto que la alimentación juega un papel importante para tener una vida saludable, y por eso, los médicos tradicionales chinos insisten en examinar el estado físico y emocional de cada persona y darle consejo sobre los alimentos adecuados como un modo terapéutico para evitar la enfermedad. Hay que saber los puntos débiles del paciente, por ejemplo, si sufre insomnio, pues le recomendarían tomar alimentos para tranquilizar el corazón, porque según los especialistas en dietética el problema de dormir proviene de este órgano. Cabe añadir que en la dietética china los colores de los alimentos tienen su importancia, porque cada color ofrece diferentes beneficios y hay que intentar consumirlos todos para revitalizar la mente y el cuerpo. Además, la temperatura de la comida también es un elemento sustancial en este tipo de terapia. Normalmente los médicos tradicionales chinos aconsejan que los alimentos no son buenos tomados fríos y es mejor comerlos calientes o templados porque así son más parecidos o casi iguales que la temperatura del cuerpo humano y no hacen daño a los órganos.

Transporte
交通

交通

　　本單元主要介紹臺北捷運路線和特色，希望能夠對於初來乍到的西語人士有些許幫助。暢遊臺北的方式眾多，而其中最經濟實惠且便利的交通工具是捷運。另外，搭乘捷運的一些相關規定也需要讓西語人士明白，以免觸法。

　　此外，臺灣的摩托車和腳踏車文化也是街景最常捕捉的畫面。因為一些地方道路狹小崎嶇，所以摩托車是最方便快速能抵達目的地的交通工具之一；再者，與普通轎車相比，一般民眾除了較負擔得起摩托車的價位，也因為機動性高，機車騎士不用擔心找不到車位。至於騎腳踏車的風氣，則因政府近年的大力推廣而更加盛行，為了響應環保和推行健康的觀念，臺灣許多大城市推動定點租借腳踏車的服務，藉此希望人民多多利用腳踏車，減少廢氣排放，朝環保綠能城市的目標邁進。

Metro de Taipéi

Transporte

El Metro de Taipéi

El transporte público en Taiwán ofrece, por un lado, un fantástico servicio, y por otro, es económico y asequible. Para conocer bien la capital, Taipéi, tomar el metro es una de las formas más fáciles. El Metro de Taipéi es conocido como Transporte Rápido de Masas de Taipei, en inglés Taipei Mass Rapid Transit con sus siglas MRT. Principalmente, funciona para facilitar el tránsito y comunicación en Taipéi y Nueva Taipéi, que es la nueva ciudad del norte que rodea completamente la capital Taipéi, y la ciudad con mayor población de Taiwán. Antes era un Distrito, pero desde el año 2010 ya funciona independientemente como un municipio y se transformó el nombre en nueva Taipéi. La función esencial del metro de Taipéi es moderar los continuos atascos en la ciudad, modernizar el funcionamiento de ésta y fomentar su progreso y desarrollo. El metro en Taipéi empezó a funcionar el año 1996. Está dividido en seis líneas principales, dos ramales y 131 estaciones. De hecho, como su servicio es tan eficaz, seguro, fiable y de calidad, alivia bastante la congestión del tráfico. El metro provee más de dos millones de viajes diariamente y su velocidad más alta puede llegar hasta 80 kilómetros por hora. Abre a las seis de la mañana y cierra a las doce de la noche cada día, pero si es la Nochevieja, se prolonga el horario. Está prohibido fumar en toda el área del metro, mientras que comer, beber, masticar chicle o betel (el famoso *bīnláng* 檳榔, también se denomina como la nuez de betel, que es una nuez de areca envuelta en un trozo de palma de betel) se prohíben en la zona de pago. El símbolo del metro de Taipéi es de forma hexagonal, y se divide en dos partes, la de arriba y otra abajo que significan depender y apoyar. Contiene el símbolo del *tàijí* (太 極) que es un arte marcial chino practicado por millones de seguidores en el mundo entero. Este símbolo del *tàijí,* contiene el *yīnyáng* (陰陽 o *liǎngyí* 兩儀), el seis unido *liùhé* (六合 o 天地東

西南北 cielo, tierra, este, oeste, sur y norte), el *hùnyuán* (混元), que literalmente se traduce como mezclar y principio, y se refiere al *chì* 氣 y es el principio activo que forma parte de los humanos e incluso de todos los seres vivos que existe en el cielo y la tierra, o sea, es el "flujo vital de energía" para la cultura tradicional china, y todo eso se une en un mismo cuerpo o una unidad y llena el universo (*liǎngyí liùhé hùnyuányītǐ mímànyǔnèi* 兩儀六合混元一體瀰漫宇內). Los dos dibujos que son

parecidos al carácter chino con el significado "persona" (*rén* 人), representan andar rápido por los dos lados llenos de gente, transmiten el sentido de la eficacia de este transporte público que se ofrece a los ciudadanos. Por otra parte, su centro asemeja un pájaro, símbolo del vuelo de los pájaros, rápido, ágil y que llega a todos los lados. Fuera de ellos, se añaden dos arcos en círculo, que indican la fluidez, los arcos pintados con líneas de finas a gruesas expresan el espíritu de ser eficiente,

"Easy Card" (la tarjeta de larga duración (*yōuyóukǎ*), fotografía de Wang Chia Hsiang (攝影者：王嘉祥)

Paisaje natural con el metro de Taipéi

Tiendas de conveniencia (*biánlì shāngdiàn*): 7-Eleven

dinámico y veloz en su servicio. La marca de la empresa del metro de Taipéi, por un lado, usa los dos colores azul y verde con el significado del cielo y la tierra, y también representan la tecnología y protección del medio ambiente lo cual es el objetivo de este transporte para que toda la gente persiga la vida y cultura con la mejor calidad. Por otro lado, también utiliza los colores azul y blanco como para enfatizar que es tranquilo, limpio y rápido.

Las líneas de este metro se distinguen con diferentes colores, por ejemplo, la roja, marrón, azul, verde, amarilla y naranja. Los trenes del metro están muy limpios y con aire acondicionado y con intervalos de llegada, entre 80 segundos a 7 minutos (dependiendo de la línea, y si es una nocturna suele tardar de 12 a 15 minutos). La longitud total del metro es de unos 146,2 kilómetros. Existen diversas formas de pago para usar el metro de Taipéi. Se puede comprar el billete sencillo (es una moneda de plástico de color azul), y su precio se determina según la distancia entre las paradas, y es conveniente para viajes de ida. Otras formas son el pase de corta distancia, el pase de un día, etc. Sin embargo, los ciudadanos de Taipéi usan más el Easy Card (la tarjeta de larga duración, (*yōuyóukǎ* 悠遊卡) para moverse utilizando no sólo el metro, sino también los autobuses urbanos, y los de distrito. Se puede recargar la tarjeta en las tiendas de conveniencia *(biánlì shāngdiàn* 便利 商 店) y es muy cómoda de llevar y usar, además con descuento si son personas como estudiantes o minusválidos, y gratis para mayores de edad (más de 65 años). Algunas universidades también unen la tarjeta de estudiante con el sistema del metro, así que se puede utilizar la tarjeta estudiantil, una vez activada y recargada con dinero, para pagar el uso del metro y autobuses.

Una isla llena de motos y bicicletas

Seguro que a muchos extranjeros recién llegados a Taiwán les ha impresionado la imagen de las calles llenas de motos por todos los lados. El recuerdo inolvidable será el ruido de los motores esperando en los semáforos y ver cómo todas las motos arrancan a la vez al ponerse verde el semáforo. Algunos dicen que les da miedo conducir por las calles taiwanesas por la incalculable cantidad de motos y no saben si van a tener un accidente o no por un descuido. La verdad es que es un fenómeno

Incalculable cantidad de motos

bastante común el uso de tantas motos en Taiwán, que es uno de los sitios con más densidad de motos de Asia, y a veces es preocupante la situación.

Investiguemos primero la historia de la economía taiwanesa para poder comprender mejor la situación de la abundante cantidad de motos en esta isla. Durante el siglo XVIII y XIX, Taiwán producía arroz, té y azúcar y se enfocaba en la agricultura para abastecer las necesidades de la colonizadora Japón. Aunque no podemos negar que los japoneses promocionaron los avances de modernización en Taiwán, la política en aquella época era "industria en Japón, agricultura en Taiwán" y se aprovechaban al máximo de los recursos taiwaneses. Después de la Segunda Guerra Mundial, Taiwán tardó diez años en recuperarse de la situación económica de posguerra, y en los años sesenta, el gobierno empezó a cobrar altos impuestos a los automóviles y sus componentes, lo cual hizo que el precio de los coches fuera muy caro e inaccesible. En aquella época, las empresas japonesas de motos buscaban lugares más económicos para fabricar motos, y como Taiwán estaba cerca, además era un país colonizado por Japón, y conocía bien la cultura japonesa y sabía su idioma, por eso, Japón invirtió su técnica y dinero para construir fábricas de motos. Las dos primeras empresas taiwanesas de motos fueron socios de aquellas fábricas japonesas. Por otro lado, como el gobierno taiwanés en aquel momento pensaba volver algún día a China Continental, la opción más adecuada para el uso diario sería comprar una moto en vez de un coche.

Podemos observar las razones de por qué a los taiwaneses les encanta ir a los lugares en moto en vez de coche y otros transportes públicos. Vemos que es más fácil comprar una moto que un coche obviamente como hemos mencionado antes, y aunque hay que gastar dinero en gasolina, si la usas todos los días para ir al trabajo y para vida cotidiana, es más cómodo, rápido y sale más rentable que el autobús o metro. Además, el precio de una moto no es muy alto, con sólo el sueldo de uno o dos meses se puede conseguir una moto que dura años si la cuidas bien. Muchos taiwaneses tienen que pagar su hipoteca de pisos y ya no les queda mucha capacidad económica para comprarse un coche. Cabe destacar que el precio de aparcamiento o garaje de un coche es muy alto, y no todos pueden permitirse el lujo de tener casa y coche a la vez. No obstante, con la moto es diferente, pues es fácil de encontrar aparcamientos en las calles cerca de casa y no hace falta cuidarla tanto como un coche. El gasto de mantenimiento de una moto es menor que el del coche ya que tener un coche representa un nivel de vida con más calidad y los gastos de cuidado, limpieza, cambio de piezas, revisiones, etc. son costosos. Por otro lado, como Taiwán es una isla pequeña, para pasar por las callejuelas pequeñas, es más fácil usar una moto que un coche. La mayoría de las calles taiwanesas en ciudades o pueblos todavía no están bien organizadas y con una moto es más sencillo transitar por ellas. Además, aunque llueve bastante en algunas estaciones en Taiwán, el clima es apropiado para ir en moto porque no hace mucho frío y casi nunca nieva en la mayoría de las zonas habitadas.

Podemos decir que la comodidad de ir en moto es una de las razones más populares para que los taiwaneses estén obsesionados con tener una moto. No sólo a los jóvenes o estudiantes, sino a los mayores les encanta usar la moto para ir de compras, recoger a los niños, ir al trabajo o a la clase, hacer recados, etc. Especialmente fuera de las ciudades grandes, la moto es aún más imprescindible para los habitantes debido a los pocos autobuses y falta de metro.

Vemos que en Taiwán es frecuente encontrar una moto de tamaño pequeño o normal, mientras que en los países occidentales se ven más las motos grandes. El tamaño pequeño es más dinámico y ágil para moverse en los sitios sin tantas limitaciones ni condiciones. Como en las ciudades hay mucho atasco, en moto se puede atravesar entre coches para poder llegar más rápido, aunque no es recomendable y hay que tener mucho cuidado con los camiones.

Otra ventaja de la moto es que da independencia a la persona y no sólo los hombres pueden usarla, sino también las mujeres y eso significa la capacidad personal e individual, sin límite de sexos, lo que contribuye a una mayor la igualdad en la sociedad. En Taiwán, aunque es una sociedad moderna, a veces hay discriminación en algunos aspectos por desigualdad del sexo, pero la situación está mejorado mucho comparada con los tiempos antiguos. Poder manejar moto es un paso importante para los jóvenes y las mujeres como símbolo de libertad e independencia.

Se puede añadir a estas ventajas el que no hace falta depender del horario del transporte público, ya que, con la moto, cada uno es su propio dueño de decidir la hora de salir y volver. Para los estudiantes o trabajadores de horarios fuera de lo normal, usar la moto es un método ideal sin depender de nadie ni de otros transportes. Todas estas ventajas hacen que la moto sea una forma de moverse rápidamente y libremente en Taiwán.

En 2012, la capital, Taipéi, empezó a promover las bicicletas públicas, conocidas como *Ubike.* No es la primera ciudad en impulsar este ecosistema de transporte público, pero vemos que ha tenido éxito durante estos años. En los primeros tres años tampoco salió rentable a la empresa, que solo en el cuarto año, empezó a ganar dinero y poder seguir manteniendo este sistema que a muchos ciudadanos les encanta usar.

La empresa de este sistema cooperó con el ayuntamiento de Taipéi, que ofreció un subsidio para uso de los primeros treinta minutos durante dos años y desde entonces, el uso de *Ubike* se hizo cada día más frecuente y ya es un transporte público que utilizan los ciudadanos. Hasta julio del 2018, *Ubike* se puede encontrar no sólo en la capital, sino también en ciudades como Nueva Taipei, Miaoli, Taoyuan, Xinzhu, Changhua y Taichung. No es complicado usar *Ubike* porque con la tarjeta de transporte público, la tarjeta del bonobús o la tarjeta EasyCard (YouYouCard/ 悠 遊 卡), se puede controlar el uso y el número de usuarios y mantener la seguridad tanto de la bici como del cliente. Además, para alquilar este tipo de bici, sólo hay que comprar esta tarjeta, y no hace falta bajar otros programas en el móvil, ni pagarla por tarjeta de crédito, ni hacer recargos por internet, es bien cómodo. Debido a la revisión continua de las bicis, se rebaja bastante la tasa de fallos de la bici. La empresa *Ubike* fue a París a investigar y aprender el sistema de transporte público de bici en la ciudad y notó que los fallos de la bici son un gran

Bicicletas públicas,
conocidas como Ubike

problema según los usuarios. Así que decidió que cada bici tenía que ser revisada por lo menos cada dos semanas para promocionar este sistema y convencer a más clientes a usarlo. Por otra parte, la bici que se haya usado ya cien veces, se cierra por el sistema para que el técnico venga a revisarla.

Hay que destacar también que el diseño de *Ubike* es muy práctico y cómodo. Vemos que su asiento puede modificar cómodamente la altura, las ruedas son gruesas y seguras, lo más impresionante es que al pedalear se puede obtener electricidad para las luces del faro. Está todo pensado para el ecosistema y la seguridad de las personas. Sabemos que, con el desarrollo de la tecnología, hemos estropeado mucho la naturaleza y el planeta necesita ayuda para poder recuperarse y seguir siendo un hogar precioso para nosotros. El calentamiento, el agujero en la capa de ozono, el efecto invernadero, el deshielo en los polos, la sequía, inundaciones, lluvia ácida, etc., son alarmas y los humanos debemos empezar a preocuparnos más por la naturaleza. El invento de usar *Ubike* en las ciudades grandes no sólo favorece a los ciudadanos taiwaneses, sino que es una forma de cuidar al medio ambiente. Ir a los sitios en bici puede considerarse como un deporte y es una tendencia actual de mantener una vida sana y equilibrada. Todo el mundo está haciendo esfuerzos con la "energía verde" como consumir menos gasolina, y usar más transporte público y la bicicleta pública y así reducir la contaminación en todos los aspectos. Aunque el uso de las motos sigue siendo mayor que el de la bici, notamos que a los jóvenes y trabajadores les gusta más y más ir a los sitios con la bici pública ya que gasta aún menos que la moto y también es cómoda de alquilar. Casi todos los beneficios de la moto también los tiene la bici pública, así que somos optimistas de que algún día los usuarios de la bici pública lleguen a ser más que los de la moto. Con esta meta podemos proteger más a nuestra Tierra y no hacerle más daño, dejando un mejor medio ambiente para disfrute de las siguientes generaciones.

Parte 9

第 9 單元

Arquitectura

建築

建築

本單元主要帶領讀者認識臺灣傳統建築特色，以及其他有名建築，例如位在臺北信義區的 101 大樓和中山區的行天宮。

臺灣許多傳統建築呼應著中國的閩粵移民特色，也就是來自於福建和廣東。值得一提的是臺灣建築的騎樓，具備擋雨遮陽、提供行人通行、擺設攤位做生意、樓上還能兼具住家的各項功能，為實用性極高的建築構造，也因此在臺灣處處可見。

臺北的 101 大樓為世界聞名的建築之一，至 2010 年為止，曾為世界第一高樓，目前是世界最高的綠建築大樓，也仍是臺北的重要地標，其建築構造、意義，值得西語人士了解。例如：臺北 101 的控管系統具備環保生態基礎（節能用電和用水系統、雙層隔熱玻璃帷幕牆、垃圾減量系統等），呼應一直以來國際重視的地球環保態度。且由於臺灣位處板塊交界帶的緣故，臺北 101 的防震和防風構造也是觀光客最愛參觀的特殊設計，像是抵銷地震或風力搖晃的巨型阻尼器、大樓外觀的鋸齒狀建築，和外圍鋼筋巨柱，都為大樓提供完善的彈性，能大幅減少地震或強風所帶來的搖晃。此外，大樓外觀融合聚寶盆、竹子、古錢幣等意象，象徵財源廣進、節節高升，以及吉祥數字「八」的使用，在在都驗證臺灣的文化內涵和歷史意義。

另一方面，位在臺北中山區的行天宮也是許多西語人士最愛造訪的廟宇之一。廟方實踐環保理念，未設置金爐、頒布「禁香令」。從行天宮所供奉的神明，可以認識臺灣民間崇尚的宗教和信仰（例如：關聖帝君），而從行天宮屋頂的閩南燕尾翹脊建構方式、門前的鎮門獸麒麟石像、各種裝飾的顏色使用，則能察覺建築師在此寺廟建築中融入了繁榮、鼎盛、景仰和尊敬等意涵。至於行天宮的收驚儀式，也是認識臺灣社會中道教信仰的重要一環，常常吸引許多觀光客在此攝影和朝聖。

Arquitectura

· ·

La arquitectura taiwanesa

Muchos taiwaneses eran inmigrantes de origen de MínYuè (閩粵), es decir, de la provincia de Fújiàn (福建) y de Guǎngdōng (廣東) en China continental, así que podemos apreciar la arquitectura taiwanesa con los estilos de estos sitios. Además, se dice que las edificaciones en Taiwán también provienen de la cultura de la Dinastía Hàn (漢) que representa la abundancia y riqueza de la cultura oriental de China. Por ello, presentamos, en primer lugar, las características de la cultura Hàn que se utiliza con mucha frecuencia en la arquitectura taiwanesa. Se fija bastante en la simetría del eje del edificio. No sólo en la apariencia de la construcción, sino también en el diseño de la superficie, podemos ver una línea seguida por el eje que hace hincapié en los dos lados simétricos. Antiguamente, la

Arquitectura taiwanesa con estilo de MínYuè, fotografía de Ho Yueh Tung (攝影者：何玥彤)

construcción solía expandirse por los dos lados, los patios eran esenciales, y si los patios no eran suficientes, se basaba en estos patios para extender más edificios. Este tipo de arquitectura extendida como una línea, obtiene un nombre de la cultura china como "un dragón" (*yītiáo lóng* 一條龍). Suele estar formada por un salón central y por los dos lados con dos dormitorios que se llaman *xiāngfáng* (廂房). A veces el que está a la izquierda es más grande que el que está a la derecha. Por eso, el izquierdo se llama la "habitación grande" *dàfáng* (大房) mientras que el de la derecha es la "habitación secundaria" *èrfáng* (二房). Y otros salones extras son considerados como las protecciones del dragón que se dice en chino mandarín *hùlóng* (護龍). Delante del salón central suele haber un espacio como jardín pero no con césped sino más bien hecho con ladrillos y sirve para secar o tender las cosechas tales como diferentes tipos de trigos, y este espacio amplio tiene un nombre específico en chino que se llama *chéng* (埕). Las dimensiones de las habitaciones para personas se dividen según su importancia. Por ejemplo, si sus residentes son prestigiosos, pues viven más cerca del salón central por influencia del confucianismo y la ética china de tener respeto hacia ellos, ya que las habitaciones más cercanas del salón central suelen ser las más cómodas o grandes. Se nota que, en la sociedad china, el estrato social de la gente también desempeña un papel importante en la cultura arquitectónica.

Los materiales de construcción en la arquitectura taiwanesa pueden ser piedra, madera, bambú o incluso barro, que son accesibles en la naturaleza aprovechando los recursos naturales, y se utilizan con complementos comunes ladrillos, azulejos, calizas, etc. Cabe subrayar que la arquitectura de madera en la cultura china, a diferencia de la estructura occidental, es la más mágica de China, pues en ella no se construye con ningún clavo pero se pueden unir firmemente todos los elementos. Una de las técnicas más especiales es el diseño de *dǒugǒng* (斗栱) en que hay separación en dos partes como cubos que se pueden juntar perfectamente porque la parte de arriba *dǒu* (斗) tiene por debajo una cabeza saliente que pueda caber justamente en el agujero de la parte abajo *gǒn* (栱). Los edificios más

Sala Nacional de Conciertos (*guójiā yīnyuè tīng*)

representativos en Taipei son el Teatro Nacional (*guójiā xìjù yuàn* 國家戲劇院) y la Sala Nacional de Conciertos (*guójiā yīnyuè tīng* 國家音樂廳). Son dos centros de artes escénicas y actuaciones en que a la vez se puede contemplar la magia de arquitectura taiwanesa. Con la revolución de la técnica, este tipo de diseño usado para los techos se forma con más capas y tiene la función de mostrar su riqueza, importancia o prestigio. Algunas formas arquitectónicas modernas chinas incluso han desarrollado la técnica de usar hormigón y acero para sustituir la madera y con estructura más sencillas para facilitar el proceso de construcción.

En segundo lugar, aparte de la influencia de la cultura china, Taiwán fue colonizado por los occidentales como los holandeses y españoles, y por los orientales como los japoneses, por lo tanto, recibió estilos de los países mencionados, y con estos toques exóticos, la arquitectura taiwanesa se transformó en una mezcla con más alteraciones y variaciones.

En tercer lugar, citamos algunas particularidades en los elementos de la arquitectura en Taiwán. Observamos materiales especiales para el suelo antiguo como acabado granolítico (*móshízǐ* 磨石子), y cristales en puertas o ventanas con vidrio esmerilado (*máobōli* 毛玻璃), etc., que son considerados como de épocas antiguas, pero ahora vuelven de nuevo a estar de moda, y se utilizan hasta para decoraciones como una elegancia retro. Otra cosa curiosa del edificio taiwanés es la veranda o soportal (*qílóu* 騎樓) que hay en casi todas las calles de la isla. Dicen que el origen de la veranda es de cuando los ingleses llegaron a la India a finales del siglo XVIII, no estaban acostumbrados a su caluroso clima, por eso, construían una parte como terraza saliente con techo para protegerse del fuerte sol y así crear un ambiente más fresco. Con la influencia colonial de Inglaterra, este tipo de arquitectura llegó hasta muchos lugares de China y Taiwán. Se nota que el soportal es una combinación de la arquitectura europea y del sureste de Asia. En Taiwán la veranda sirve como paseo para los peatones y la planta de arriba es como una terraza como "montada encima", por eso se la denomina en chino *qílóu*. La veranda también se puede usar para puestos de comercio y en la planta de arriba se puede vivir. Como el clima de Taiwán es subtropical y llueve bastante, estos soportales tienen la función de evitar la lluvia y protegerse del sol, además de otros variados usos que les dan los taiwaneses.

El rascacielos Taipéi 101

El rascacielos *Taipei 101* es el edificio más alto de Taiwán. Es una torre ubicada en la capital Taipéi, que tiene 106 plantas (5 subterráneas y 101 por encima del suelo). Con su llamativa aguja, mide 508 metros de altura y en el año 2003 colocaron la cúspide. En 2004 fue el primer edificio más alto del mundo aunque actualmente hay ya otros rascacielos más altos en otros países. Puede presumir de tener el ascensor más rápido del mundo que funciona a una velocidad de 16,83 metros por segundo, fabricado por la compañía japonesa Toshiba. La construcción empezó en 1999 y según su diseño, el edificio es capaz de aguantar terremotos de hasta 7 grados en la escala de Richter y de soportar vientos de más de 450 km/h. Además, cuenta con áreas de emergencia, en las que las personas pueden protegerse en caso de incendio o atentados terroristas. La seguridad contra terremotos se debe a un amortiguador de masa, en la planta 92, formado por una gran bola de acero de 680 toneladas, que es el más grande y pesado del mundo. La función principal de este sistema es absorber el movimiento de masas y funciona como un amortiguador, es decir, cuando el edificio se mueve en una dirección el amortiguador lo impulsa en dirección contraria mediante el balanceo de este contrapeso colgante absorbiendo la energía de movimiento y estabilizando el edificio.

El *Taipéi 101* sigue el simbolismo del *axis mundi* que significa "eje del mundo" y señala el punto de conexión entre el cielo y la tierra en el que se juntan los rumbos de la brújula. Respecto a sus 101 plantas, se refiere a la idea de ir uno más allá del número 100, que normalmente es un número relacionado con la perfección o excelencia, también representa el código postal 101 que es un distrito

Rascacielos Taipéi 101

internacional de negocios de Taipéi, sin olvidar que este número 101 también indica el sistema numérico binario utilizado en la tecnología digital.

En el rascacielos *Taipei 101* hay que destacar su carácter de edificio ecológico: consigue un ahorro del 10% en el uso de electricidad, el consumo de agua y la producción de basura, con una disminución de gastos anuales de cerca de 700.000 dólares; la temperatura y climatización se controlan mediante 3.400 terminales distribuidas por todo el edificio que aprovechan las bajadas de temperatura nocturnas para producir hielo, con el que posteriormente se alimenta la refrigeración diurna; la iluminación también está centralizada, y desactiva el aire acondicionado e iluminación cuando una sala queda vacía.

El *Taipéi 101* está dividido en 8 segmentos de 8 plantas y el número 8 es un símbolo que significa en chino mandarín hacerse rico o tener suerte. La forma de este edificio es como un tallo de bambú que representa el crecimiento y abundancia en ascensión. Además, su aspecto externo también está diseñado siguiendo la metáfora de la caja de reunir dinero (*jùbǎopén* 聚寶盆) según la cultura china. El Taipéi 101 se ilumina para diversos eventos y desde el 2018 todas las noches usa diferentes colores de luces que sigue los de arcoíris: el lunes es de color rojo, el martes naranja, el miércoles amarillo, el jueves verde, el viernes azul, el sábado violeta oscuro, y el domingo violeta. Este emblemático edificio es famoso también por su iluminación en ocasiones festivas como Navidad y Año Nuevo. En diferentes pisos hay varios restaurantes y cafeterías para quedar con amigos y probar distintas gastronomías. Y la gente suele acercarse el último día del año para contemplar los fuegos artificiales de la Nochevieja que se realizan desde la torre.

El templo Xíng Tiān de Taipéi

El templo Xíng Tiān (*xíngtiāngōng* 行天宮) está ubicado en la zona Zhōngshān (中 山) de Taipéi, y se denomina también como templo del Señor Benefactor. Muchos seguidores o turistas vienen diariamente a adorar al Sabio Monarca, que es conocido guerrero y negociante y por eso es el patrón de los

Templo Xíng Tiān (*xíngtiāngōng*), fotografía de Wang Chia Hsiang（攝影者：王嘉祥）

militares y empresarios. En la puerta central de este templo hay una placa enorme con el nombre "Templo Xíng Tiān" en chino y es una de las más antiguas en Taiwán. El diseño de este templo es conocido por su destacada escultura de dragón, y los tejados de color rojo chino, con el techo de caballete hacia arriba como si fuera la cola de golondrina (*yànwěi* 燕尾). Se aprecia la historia

Los dos Qílín de piedra, fotografía de Estela Lan（攝影者：藍文君）

Veranda o soportal (*qílóu*)

de la arquitectura taiwanesa a través de este tipo de techo de caballete y tiene el significado de riqueza y su prestigio en la sociedad. Los dragones también están rodeando las columnas principales del templo y hay dos *qílín* (麒 麟) de piedra que son animales mitológicos de la leyenda china que se parecen a los dragones, caballos o unicornios y son símbolos de la paz y bondad. En los templos taiwaneses suele haber muchos ayudantes o servidores para ayudar a los visitantes y en el templo Xíng Tiān, llevan un uniforme largo de estilo taoísta y de color celestial. Normalmente los fieles vienen al templo para hacer deseos, peticiones, buscar la paz interior o simplemente adorar a los dioses ofreciéndoles incienso. Cabe añadir que el templo Xing Tian es uno ecológico y desde el año 2014 ya está prohibido que los visitantes quemen incienso para reducir la contaminación y proteger el medio ambiente. Una famosa ceremonia de este templo es la de "recibir el susto" porque según la tradición taoísta, a veces las personas enfermas o de mala suerte es porque los espíritus o fantasmas están cerca o unidos a ellas, o sea, estas personas están asustadas por ellos y necesitan recibir el acto de la ceremonia para recuperar su salud tanto física como mental. Otra famosa actividad es la tirada de las tabletas (o piezas de bambú) rojas de forma de media luna *(zhíjiǎo,* 擲 筊 *)*. Numerosos visitantes llegan a pedir deseos o hacer preguntas a los dioses y con la ayuda de echar las tabletas pueden conseguir la respuesta de estos. Existen tres posibilidades en la forma en que caen las tabletas: primera, una tableta queda con la cara plana y otra con la cara saliente hacia arriba que significa que los dioses están de acuerdo; segundo, ambas tabletas quedan con la cara plana hacia arriba que significa que la situación no está clara ni los dioses pueden dar ninguna respuesta; y tercero, ambas tabletas muestran la cara saliente hacia arriba que significa que los dioses no están de acuerdo. Es curioso también que se ven muchos puestos de adivinación cerca del templo, con una gran variedad de formas para adivinar, como con monedas antiguas, pájaros, cartas etc. y algunas personas acuden para preguntar sus dudas o preocupaciones a los adivinos.

Parte 10

第 10 單元

Ropa
服飾

服飾

　　若想研究一個社會的演變和歷史，從該民族的穿著觀察，也能探究文化的變革。服飾也是社會文化的一部分，人類自有穿衣服的概念開始，因為不同的地理環境、氣候變因（如：溫度和濕度等）、民俗風情，都讓不同的國家有各自的衣著特色。甚至藉由服飾的顏色、外型，可以研究該民族的審美觀、風俗和思想；每個地區的衣著穿搭，可以看出不同時期的潮流時尚。

　　本單元將介紹源自中國的傳統服飾：旗袍，也是代表臺灣經典傳統衣著之一。希望藉由說明旗袍的起源、樣式、剪裁和花樣顏色，讓西語人士對於臺灣傳統衣著有更深入的了解。而透過旗袍樣式的介紹，淺觀社會的演變，探討兩性的平權，以及一窺時代的更迭。另外，臺灣文化的風俗民情，也深深影響著旗袍的穿著場合、顏色選擇，例如在婚禮喜宴中，大家偏好中國紅的色調，可以招來喜氣好運，也是對於特別日子的重視和祝福，都能在本單元一探究竟。

Vestido tradicional de la cultura china

Ropa

El vestido chino *chípáo* (旗袍)

Un vestido tradicional de la mujer en la cultura china es el *chípáo (quípáo)*. Es la romanización según la lectura moderna en pinyin, pero según la fonética española se debe leer *chípáo)*. El *chipao* es conocido como vestido más representativo en la sociedad antigua china y taiwanesa. Algunos dicen que este tipo de vestido se originó del uniforme de una escuela de Shànghǎi, y era símbolo de mujeres educadas de la nueva era, por eso, se puso de moda desde entonces en las altas clases de la ciudad de Shànghǎi (上海) en China y de allí pasó a toda China. Hasta ahora, todavía es la imagen simbólica de la ciudad de Shànghǎi. Otros dicen que solo en la época comunista dejó de ser vestido típico porque opinan que el vestido tradicional *chípáo* era de una clase social más fina y lujosa, y es contrario a los principio de la sociedad comunista.

Existen varias versiones de la historia del tradicional *chípáo*, y citaremos algunas para tener como información y conocer mejor el puesto de este vestido en la cultura china.

Por un lado, algunos creen que el *chípáo* proviene directamente de la Dinastía Qīng (清 朝) porque en el mismo nombre del vestido (*chipao* 旗 袍) aparece el sinograma bandera (旗), y *chípáo* significaría "vestido abanderado, vestido insignia". Esta dinastía duró mucho tiempo, casi tres siglos, y su territorio cuando gobernaba China fue la base del mapa de

Chípáo (*quípáo*) de diferentes colores

la China actual. Y los manchúes (*mǎnrén* 滿人) fueron los fundadores la Dinastía Qīng (清朝) en el año 1644 hasta el 1912 eran conocidos también como las "gentes de las banderas" (*qírén* 旗人) a causa de que su sistema social estaba dividido en ocho banderas (*bāqí* 八旗).

No obstante, otros dicen que el *chípáo* no es una variedad de ropa de las mujeres manchúes. Antiguamente, las manchúes llevaban un tipo de vestido largo que se llamaban *chángpáo* (長袍) y solían poner el *páo* por dentro, y encima un corsé (*mǎjiǎ* 馬甲) o una camiseta por arriba del cuerpo. Sin embargo, las mujeres de la generación de la dinastía anterior usaban ropa de dos piezas separadas, camisa de manga larga por arriba y con falda larga por abajo. De todas formas, las dos maneras de vestirse las mujeres eran ropas anchas. Poco a poco, con las actividades de las mujeres que avanzaban con la sociedad, la ropa ancha ya no podía permitir a las mujeres participar en muchos actos sociales porque eran más incómodas y estorbaban los pasos. Con el cambio de la ropa, también podemos observar el progreso de la sociedad de aquella época. Los vestidos de las mujeres ya tendían a ser más estrechos que antes para poder hacer los movimientos más fáciles. Y desde el año 1919, en que empezaron muchas revoluciones en China como huelgas, protestas, desfiles, acción de petición al estado, etc., con motivo de expresar las quejas hacia el estado porque éste no protegía los derechos de China, sino que permitía la invasión y el desprecio de los extranjeros. En fin, las mujeres empezaron a ponerse largas camisas que se llamaban *chángshān* (長衫), por una parte, para conseguir la igualdad de sexos al usar las mujeres este tipo de camisa larga como hombres; y por otra parte, para colaborar en las actividades revolucionarias por los derechos de la sociedad. Estas fueron las formas embrionarias del *chípáo*. Estas camisas largas podían ser prendas para hombres y mujeres y sólo tenían pequeñas diferencias en la forma. Con el avance de la libertad de las mujeres, y el concepto de la estética, *el chípáo* progresa gracias al punto de vista occidental que busca destacar las curvas femeninas como los pechos, cintura y piernas.

Podríamos considerar el vestido *chípáo* como una prenda con historia, y

Vestido chino *chípáo* (*quípáo*)

aunque algunos jóvenes lo relacionan con la moda pasada, todavía hay muchos que lo aprecian con valor histórico y artístico. El vestido *chípáo* tiene las características chinas de botones de nudos chinos y el cuello alto. Con el diferente uso o la distinta moda, este vestido puede ser de manga corta, larga o sin manga, vestido largo o corto, y hasta la altura de la raja del vestido se puede modificar según el gusto de cada una. A muchos extranjeros al llegar a Taiwán les encanta acudir a las tiendas de alquiler de vestidos *chípáo* para sacar fotos como recuerdo, o ponérselo y pasear por callejones y experimentar el ambiente tradicional taiwanés. En los cascos antiguos suelen haber tiendas de *chípáo*, y antes las mujeres que necesitaban un vestido nuevo, solían dirigirse primero a las tiendas de tejidos para elegir personalmente una tela favorita y después se iban a un estudio de los maestros o sastres de *chípáo*. Los sastres les tomaban las medidas y les confeccionaban un chípáo perfectamente adaptado a su cuerpo. Era un arte con tradición y la gente ya no tiene la costumbre de comprar uno sino alquilar. Aún es muy común ver a las novias taiwanesas con *chípáo* en ceremonias de boda y este vestido puede ir con el color rojo chino para destacar la alegría del día importante y da suerte para siempre.

Parte 11

第 11 單元

Islas cercanas
離島

離島

臺灣本島四面環海，因長時間板塊運動塑造廣大山地，所以西部地勢較東部平緩，適合耕作。而除了本島之外，臺灣也有眾多特殊地形的絕美離島群，且一直是大家熱愛的觀光旅遊勝地。

臺灣擁有的離島眾多，如蘭嶼、澎湖、綠島、金門、馬祖、小琉球、龜山島等。本單元將介紹其中數個重要離島的地理位置、特色、天然景觀、名勝古蹟以及特產等。每個島嶼的自然風情都不盡相同，各有各的風貌與魅力，相信絕對值得西語人士探索欣賞。

首先，位在臺灣海峽的澎湖，媲美加那利群島（為西班牙群島，位在大西洋上，屬於亞熱帶氣候，風景怡人，常常是該國人民的海灘渡假首選地），又稱漁翁島，主要以漁業為主。該島的花火節、潔白沙灘、珊瑚礁景觀、水上活動都相當有名。此外，隸屬澎湖的望安島投入綠蠵龜保育，也是目前大家很重視的生態活動。而澎湖群島最南邊的七美島嶼，有著令人著迷的雙心石滬，人們喜愛在此聆聽潮起潮落的聲響，彷彿是一聲聲地球的心跳節拍。至於美食，除了各式各樣豐富的新鮮海產外，因為盛產仙人掌，而研發出仙人掌口味冰淇淋，也是當地特產。

其次，將介紹具備重要軍事地位的金門和馬祖。在金門當地，除了有軍事古蹟可以參訪外，還有特產高粱酒聞名遐邇。島上的氣候和水質很適合種植高粱，製作出的高粱酒屬於蒸餾酒，清香爽口，入口芳香，餘韻香甜，深受許多人的喜愛。

另一方面，馬祖是個絕佳的賞鷗天堂，生態之旅一直是馬祖引以為傲的觀光行程之一。還有特殊天然景觀的藍色螢光奇幻海面（藍眼淚、藍海現象），也是觀光客慕名前來觀賞的奇景。

Islas cercanas

Las islas paradisíacas de Taiwán

Taiwán es una isla preciosa con zonas montañosas, costas y playas alrededor de toda la isla. La capital, Taipei, y su aeropuerto, están ubicados en el norte de la isla. El centro cuenta con regiones montañosas y lagos maravillosos y fascinantes parques nacionales. La segunda ciudad más grande de Taiwán, Kaohsiung, está localizada en el sur y es una zona tropical con palmeras y playas, y también clima caluroso. La zona este es la parte más aislada de la isla, pero abarca una naturaleza mejor conservada y paisajes extraordinarios. Aparte de Taiwán, tenemos otras islas cercanas para que los visitantes puedan realizar deportes acuáticos, como buceo de superficie, submarinismo, surf, piragüismo, esnorquel, buceo con tubo respiratorio, deporte de vela, etc., o simplemente pasear por las islas con sus propios paisajes

Tortuga marina verde

Playa de arena blanca de *Pēnghú*

y experimentar sus particulares culturas. Como Taiwán está situada en la falla de las planchas tectónicas continentales euroasiática y filipina, esta localización geográfica ofrece la presencia de diversas islas cercanas con sus características y orígenes. Citaremos sólo algunas

Canales rocosos de "corazones gemelos"

más destacadas para tener en cuenta como sugerencias de visita, por ejemplo, Isla Orquídeas (*Lán yǔ* 蘭嶼), Islas Pescadores (*Pēng hú* 澎湖), Isla Verde (*Lǜ dǎo* 綠島), Kemoy, (*Jīn mén* 金門), *Mǎzǔ* (馬祖), *Xiǎoliúqiú* (小琉球), Isla Tortuga (*guīshāndǎo* 龜山島), etc.

En primer lugar, presentamos las Islas Pescadores (*Pēng hú* 澎湖) que también son consideradas como las "Canarias de Taiwán", unas islas aledañas de Taiwán con una extensión de unos 128 km^2 y unos 105.000 habitantes. Las Islas Pescadores están a unos 50 km de Taiwán y están situadas en el estrecho de Taiwán. Forman un archipiélago de 90 islotes y en 71 de ellos no hay habitantes, además, contiene un Distrito y cinco villas. Son las islas más grandes de todas las islas cercanas a Taiwán con playas y pequeños pueblos pesqueros. Las Islas Pescadores son el fruto de la colisión de la fuerza del mar, de los volcanes y del viento, y tienen un bonito origen de leyenda como formación de los reflejos de las estrellas en la superficie del océano. Los portugueses llegaron a estas islas en el siglo XVI y descubrieron que había muchos pescadores, así que llamaron a estas islas con el nombre de "Islas Pescadores" (yúwēng dǎo 漁 翁 島). En las Islas Pescadores, podemos disfrutar de la riqueza coralina, participar en agosto el carnaval en la playa, asistir a los conciertos hasta el fin de año con despliegues de fuegos artificiales, deportes acuáticos y caminatas por las islas. El viaje más famoso de las Islas Pescadores es hacerlo a través de los puentes que conectan sus cuatro islas. Se pueden encontrar aguas cristalinas y excelentes playas de arena. En las Islas Pescadores está el Área escénica nacional de Pēnghú, que es un área protegida para conservar los recursos naturales y está dividido en tres partes: la parte del mar del norte que es perfecto para hacer deportes acuáticos y la observación o avistamiento de aves migratorias; la del mar del sur que es donde está la magnífica laguna de forma de corazón; y por último, la parte de Mǎgōng (馬公) con puentes uniendo sus islas.

Por un lado, se debe visitar la Isla Wàngān (望安) que está en el sur de Islas Pescadores porque actualmente es el único sitio de Taiwán donde las tortugas marinas verdes dejan sus huevos. Antes, había más lugares donde estas tortugas ponían sus huevos, sin embargo, con el avance de la tecnología y desarrollo territorial, ha disminuido su espacio de hábitat y sólo queda la Isla Wàngān. El gobierno estableció seis áreas más populares de las tortugas verdes como zonas protegidas desde 1995 para preservarlas y para no ser molestadas por los humanos. Por otro lado, el Islote Qī měi (七美) enamora a los fotógrafos por la imagen de canales rocosos de "corazones gemelos". Es un tipo de pesca tradicional en el tiempo pasado que ya no se utiliza. Su técnica está basada en poner una trampa de piedras para que entren los peces y cuando baja la marea, se quedan dentro de estos estanques sin poder salir. Hay muchas de estas construcciones de piedras en Islas Pescadores, sin embargo, la de forma de "corazones gemelos" es la más conocida por su figura romántica. Otro paisaje curioso que en casi todas las Islas Pescadores se puede apreciar, son las rocas basálticas que son un resultado volcánico. Muchos turistas acuden aquí para percibir el paisaje original de las columnas basálticas y toman numerosas fotos como recuerdos.

Uno de los festivales más importantes de las Islas Pescadores es el Festival Internacional de Fuegos artificiales marítimos y suele ser de mediados de abril a finales de junio. La oficina de Turismo del Distrito de Pēnghú asegura que se puede vivir un ambiente agradable con bailes y actuaciones populares antes del festival. Las presentaciones de fuegos artificiales marítimos son inolvidables por sus estilos variados y coloridos. La noche se vuelve divertida al pasar con la variada pirotecnia en el festival de Islas Pescadores y con mercados de comida, bebida y música. Se puede alquilar un barco con amigos para ver el espectáculo de estos fuegos artificiales y sus reflejos en el mar o simplemente sentirlo en las playas de arena.

El dulce más famoso de Islas Pescadores es su representativo helado de fruta de cactus. En sus regiones crecen cactus y frutas, así que las aprovechan para mezclarlo en un helado con un toque de sabor a menta. Lo más curioso es que este helado de cactus tiene un color entre fucsia y morado y es típico probar su sabor al visitar Islas Pescadores. Los mariscos y pescados tienen mucha fama en estas islas, como por ejemplo, las langostas verdes, las ostras, los calamares, chipirones, y diferentes pescados y mariscos. Concluyendo, las Islas Pescadores tienen las bahías más bonitas del mundo que incluyen playas inhóspitas, aguas turquesas, tortugas marinas verdes, canales rocosos de "corazones gemelos", columnas basálticas, delicioso helado de cactus, esperando a explorar su belleza y cultura.

En segundo lugar, mencionaremos Kemoy o Jīnmén（金門）y Mǎzǔ（馬祖）que son los dos puntos importantes en el tema político para Taiwán. Por una parte, Jīnmén（金門）está ubicado en la costa sureste de China continental y a la izquierda de Taiwán y esta posición tiene un valor importante en la estrategia política entre los dos lugares. Tiene como unos doce islotes y con un territorio de 153 km². El clima de Jīnmén es subtropical como el del Taiwán, pero con más viento. Cuando preguntas a un taiwanés cuál es el producto más famoso de Jīnmén, te va a contestar sin duda el licor *gāoliáng* (高 粱). La producción de este licor ocupa un gran parte de la economía de la provincia y es un licor de origen chino de sorgo fermentado. El volumen alcóholico de este licor puede ser entre los 38° y 63°, y el más alto actualmente puede llegar hasta 92°. Como es tan conocido, se denomina con el nombre inconfundible de *Jinmen gāoliáng* (金門高粱酒). A los mayores les gusta tomar un chupito con este tipo de licor, mientras que a los jóvenes prefieren comer salchichas taiwanesas con ingredientes mezclados de este licor porque dicen que da un toque único a la salchicha y atrae su mejor sabor.

Por otra parte, Mǎzǔ (馬 祖) está situado en el norte del estrecho taiwanés y sólo está a unos 9 kilómetros de China continental. Contiene unos 36 islotes en

Momento mágico del atardecer de Mǎzǔ

total y ocupa un territorio de unos 29,6 km^2. Aparte de su cultura y geografía, es un lugar especial para estudiar el avistamiento de aves migratorias. A veces con suerte se pueden observar aves en peligro de extinción y para muchos apasionados de las aves migratorias es casi un paraíso. Por lo tanto, en Mǎzǔ hay zonas protegidas especialmente para aves que migran. Además, el fenómeno más impresionante de Mǎ zǔ (馬祖) es el de "lágrimas azules" en el mar. Las imágenes de fotos de este mar con un azul llamativo y casi iluminado o radioactivo se hicieron virales en 2012. Estas imágenes con el titulado "lágrimas azules" es el resultado de las noctilucas centelleantes que son un tipo de algas marinas. Para poder contemplar estas "lágrimas azules" depende mucho de los movimientos de olas y el tiempo, así que se necesita mucha suerte para poder observarlas, aunque en muchos países también se las puede contemplar como en Tailandia, Vietnam, Puerto Rico, etc. En el caso de Mǎzǔ (馬祖), es recomendable venir entre abril hasta junio y bajo una situación sin contaminación lumínica. Por eso, hay que evitar observarlas antes o después de la luna llena. Este espectacular fenómeno de "lágrimas azules" en el mar puede ser el más genial que has visto en tu vida y no pierdas la oportunidad de sentirlo cuando llegues a Mǎzǔ.

Bibliografía
參考書目與資料

Libros y artículos

- Bates, Christopher; Ling-Li Bates. (1994): *Culture Shock!*, Taiwan Graphic Arts Center Publishing Co, Taiwan.
- Connelly, Marisela (2014): *Historia de Taiwán.*: El Colegio de México. Mexico.
- Cherng, Jason Lan-Chung "*Taiwan hoy. – Taipei*" :. Año 2011, vol. 30, no. 4.
- El mundo de la cultura china. Taiwán (2005). Taiwan Esbozo de Taiwan, [MONOGRÁFICO *Oficina de Información del Gobierno*].
- Goddard W.G. (1966). *Formosa: A Study in China History* Palgrave Macmillan, London.
- Hu Jason C (1994). – Oficina de información del gobierno Taiwan. *Cultura tradicional China en Taiwan*, Editorial: Chun-yi Color Printing.
- John E. Cooper (2010). *The A to Z of Taiwan (Republic of China)*, Publisher Scarecrow Press.
- Kelly, Robert; Brown, Joshua Samuel. (2011). *Taiwan 8* (inglés), GeoPlaneta Guides.
- Kelly, Robert; Wah Chow, Chung. (2014). *Taiwan 9* (inglés), GeoPlaneta Guides.
- Kuo, S.W. (1986). *The Taiwan Economy in Transition*, Epping, 1983; R. Paseyro, Taiwan, clé du Pacifique, Parigi.
- «Taiwan history» (2016). "Chronology of important events". China Daily.
- Ruhlen, M. (1987). *A Guide to the World's Languages*, Stanford Univ. Press.
- Thompson, Lawrence G. (1964). «The earliest eyewitness accounts of the Formosan aborigines». *Monumenta Serica* 23: 163-204.1964.
- VV.AA. (2017). *Taiwan 10* (inglés), GeoPlaneta Guides.
- Eric Marié (1998). *Compendio de medicina china*. Fundamentos Teoría y Práctica Editorial Edaf, Madrid.
- 李秀娥 (2015)，*圖解台灣民俗節慶*，晨星，臺中。
- 李文環、林怡君 (2019)，*圖解台灣民俗*，好讀，臺中。
- 林明德 (2019)，*多音交響美麗島：臺灣民俗文化的入門書*，五南，臺北。
- 林美容 (2014)，*臺灣民俗的人類學視野*，翰蘆圖書，臺北。
- 江美玲 (2017)，*台灣民俗與文化（第三版）*，新文京，臺北。
- 謝文賢 (2015)，*發現，臺灣風土之美*，幼獅文化，臺北。
- 施懿琳 (2013)，*臺閩文化概論 - 初版*，五南，臺北。

Sitografía

- Consejos para viajar a Taiwán: itinerario, costos, comida y más:
  https://marcandoelpolo.com/consejos-viajar-a-taiwan-itinerario-costos-comida/#literatura
- Cultura popular Taiwan:
  https://noticias.nat.gov.tw/news.php?post=97537&unit=102,108,115&unitname=Taiwan-Hoy&postname=LO-M%C3%81S-POPULAR-EN-TAIWAN
- Cultura popular en Taiwan: https://spanish.taiwan.net.tw/m1.aspx?sNo=0029070
- Culture of Taiwan: Wikipedia https://en.wikipedia.org/wiki/Culture_of_Taiwan
- Cultura Taiwan: https://www.moc.gov.tw/es/
- Cultural Tourism in Taiwan: The Top 15 Cultural Activities:
  https://www.inspirock.com/cultural-activities-in-taiwan
- Culturas – Taiwán:
  https://spanish.taiwan.net.tw/m1.aspx?sNo=0029130#:~:text=Taiw%C3%A1n%20es%20un%20crisol%20de,algunos%20pueblos%20originarios%20de%20Latinoam%C3%A9rica.
- Curiosidades, costumbres y orígenes de Taiwán:
  https://www.callejeros.travel/curiosidades-costumbres-y-origenes-de-taiwan/
- Descubre Taiwán:
  https://www.tripadvisor.es/Tourism-g293910-Taiwan-Vacations.html
- Explore Taipei: https://www.tripadvisor.com/Tourism-g293913-Taipei-Vacations.html
- 20 Must-Visit Attractions in Taiwan - Culture Trip:
  https://theculturetrip.com/asia/taiwan/articles/20-must-visit-attractions-in-taiwan/
- Oficina de Turismo del Miniesterio de Comunicaciones de la República de China:
  https://spanish.taiwan.net.tw/
- Taipéi – Un mundo de ciudades:
  https://mundodeciudades.wordpress.com/category/taiwan/taipei/
- Taiwan: https://algoquerecordar.com/destinos/asia/taiwan/presupuesto-diario-taiwan/
- Taiwan - Cultural life | Britannica:
  https://www.britannica.com/place/Taiwan/Cultural-life
- Taiwan's Culture and Festivals:
  https://lifeoftaiwan.com/about-taiwan/culture-festivals/
- Taiwan's Indigenous Peoples Portal:
  http://www.tipp.org.tw/aborigines_info.asp?A_ID=13&AC_No=3
- Tourism Taiwan official website official:
  https://www.google.com/search?q=tourism+taiwan+official+website&rlz=1C1SQJL_esTW907TW907&oq=Turism+Taiwan&aqs=chrome.3.69i57j0i13j0i22i30l6.15443j0j7&sourceid=chrome&ie=UTF-8

國家圖書館出版品預行編目資料

Hablemos de la cultura taiwanesa en español:
Formosa, la joya del Pacífico
用西班牙語說臺灣文化：太平洋的瑰寶福爾摩沙 / 藍文君
（Wen-Chun Lan）編著
-- 初版 -- 臺北市：瑞蘭國際，2022.01
176 面；17 × 23 公分 --（繽紛外語；105）
ISBN：978-986-5560-35-5（平裝）

1. 西班牙語 2. 讀本 3. 臺灣文化

804.78   110014077

繽紛外語系列 105

Hablemos de la cultura taiwanesa en español: Formosa, la joya del Pacífico
用西班牙語說臺灣文化：太平洋的瑰寶福爾摩沙

編著者｜藍文君（Wen-Chun Lan）
審訂｜雷孟篤（José Ramón Álvarez）
責任編輯｜鄧元婷、王愿琦
校對｜藍文君（Wen-Chun Lan）、鄧元婷、王愿琦

視覺設計｜劉麗雪

瑞蘭國際出版
董事長｜張暖彗・社長兼總編輯｜王愿琦
編輯部
副總編輯｜葉仲芸・副主編｜潘治婷・副主編｜鄧元婷
設計部主任｜陳如琪
業務部
副理｜楊米琪・組長｜林湲洵・組長｜張毓庭

出版社｜瑞蘭國際有限公司・地址｜台北市大安區安和路一段 104 號 7 樓之一
電話｜(02)2700-4625・傳真｜(02)2700-4622・訂購專線｜(02)2700-4625
劃撥帳號｜19914152 瑞蘭國際有限公司
瑞蘭國際網路書城｜www.genki-japan.com.tw

法律顧問｜海灣國際法律事務所　呂錦峯律師

總經銷｜聯合發行股份有限公司・電話｜(02)2917-8022、2917-8042
傳真｜(02)2915-6275、2915-7212・印刷｜科億印刷股份有限公司
出版日期｜2022 年 01 月初版 1 刷・定價｜480 元・ISBN｜978-986-5560-35-5

 本書採用環保大豆油墨印製

瑞蘭國際